朱丽叶游世界

朱丽叶游 伦敦
Juliette à Londres

Rose-Line Brasset

［加拿大］罗丝-莉娜·布拉塞 著

彭 怡 译

海天出版社
·深圳·

图书在版编目（CIP）数据

朱丽叶游伦敦 /（加）罗丝-莉娜·布拉塞著；彭怡译. — 深圳：海天出版社，2021.1
（朱丽叶游世界）
ISBN 978-7-5507-2882-0

Ⅰ.①朱… Ⅱ.①罗… ②彭… Ⅲ.①游记－作品集－加拿大－现代 Ⅳ.①I711.65

中国版本图书馆CIP数据核字(2020)第053723号

版权登记号　图字：19-2019-146号
Titre original: Juliette à Londres
Rose-Line Brasset
Copyright © 2018, Éditions Hurtubise inc.
We thank SODEC for the support of the translation

朱丽叶游伦敦
ZHULIYE YOU LUNDUN

出 品 人	聂雄前
责任编辑	邱秋卡　胡小跃
插　　图	安琦
责任校对	李新艳
责任技编	梁立新
装帧设计	龙瀚文化

出版发行	海天出版社
地　　址	深圳市彩田南路海天综合大厦（518033）
网　　址	www.htph.com.cn
订购电话	0755-83460239（邮购、团购）
设计制作	深圳市龙瀚文化传播有限公司 0755-33133493
印　　刷	中华商务联合印刷（广东）有限公司
开　　本	787mm×1092mm　1/32
印　　张	7.25
字　　数	102千
版　　次	2021年1月第1版
印　　次	2021年1月第1次
定　　价	29.80元

版权所有，侵权必究。
凡有印装质量问题，请随时向承印厂调换。

献给巴里

目　录

7月9日星期一 1

4月28日星期六 3

5月3日星期四 9

7月7日星期六 17

7月8日星期天 19

7月9日星期一 60

7月10日星期二 102

7月11日星期三 143

7月12日星期四 181

跟着朱丽叶游伦敦 **191**

　伦敦旅游小贴士 191

　重要人物 209

　词汇表 213

　伦敦简史 216

　伦敦编年史 219

　问　卷 221

　答　案 226

7月9日星期一

上午11点

一阵狂风吹进房间,我们好像是在室外而非在屋里。桌上的纸和笔被风吹得乱跑,大家很快就惊慌起来。我放出来的鸽子们也在头顶打转,"咕咕咕"地大叫,翅膀掠过我们的头发,感觉真的不太好。而且,我现在好像看见三只鸽子而不是两只。是我在做梦还是变多了一只?第三只是黑的,就像暴风雨来临时的乌云。天空中电闪雷鸣。黑暗中,雅美和马修大叫起来,我也得使劲忍住,否则也会跟他们一样大喊起来。

那对双胞胎也火上浇油,哭声震耳欲聋。我怀疑是否有只鸽子啄了他们……我的魔术变成了灾难,把我给吓死了。怎么会这样?难道是我在念咒语的同时唤醒了什么邪恶的力量？我刚才是如此自豪能给孩子们展示我的本领！

什么？你不明白发生了什么事？哦，对呀，确实……你不知道这个故事的来龙去脉。那就让我给你讲讲吧！但要讲这个故事，得从很久以前开始讲。事情发生在一个春天……

4月28日星期六

上午10点

那天,像4月里常见的天气那样,下着雨。我和我的两个好朋友吉诺和吉娜,待在我家的地下室里。

我们三人刚刚拿到了高级保育员课程毕业证书,正在做计划,想给未来的首批顾客一个好印象。事实上,我的朋友们都有了一定的经验,而我就差多了。吉诺一直在照看他的弟弟妹妹,这是一个很大的优势,自然会得到成年人的信任;吉娜呢,自从成了英俊的尤塞夫的女友后,她也一直在做这类事。因为尤塞夫的母亲几乎每个工作日的晚上和每个周末都要上班,他没有父亲,所以就和吉娜一起做饭,照顾弟弟妹妹。他们知道怎么做,而且喜欢做这些事。至于我,由于我是独生女,我完全没有经验,很不自信……唉!

"我家对门的第二个女邻居预定接下来的三个周六晚上都让我去帮忙,"吉娜自豪地宣布说,"我要发财了!"

"啊!"

"真是个幸运儿!"我心想。

"我嘛,是楼下邻居让我晚上去帮忙,"吉诺也说,"他让我在他上课的时候都去替他照料小孩。不过今晚是重要的测试,因为他要到外面去吃饭,从晚上6点到12点都由我看护马蒂斯。"

"珠儿你呢,找到什么事干了吗?"吉娜问。

我低着头,感到难为情:

"我还没有找到任何工作。"

"你起码推销过自己吧?"吉诺问。

"唉,没有认真去推销过。"我承认道,脸红得像颗樱桃。

"为什么?"他追问道。

"……"

我没有立即回答,觉得难以承认实情。你会问,有什么让我这么为难的呢?我可以告诉你,

4月28日星期六

不，请放心，其实也没什么丢人的。我只是觉得自己难以胜任罢了。我是想说，我又笨拙又害羞，想到要去推销自己，然后去陌生人家里面试，让他们对我评头论足，问我无数问题，这会让我难受得肚子痛。而且，我既没有弟弟，也没有妹妹，我不习惯跟小孩子打交道。当然，上高级看护课的时候，老师教过我们怎么抱小孩、怎么喂小孩等，但我们是用玩具娃娃来练习的，这跟活生生的血肉之躯完全不一样！另外，一想到我可能要给婴儿喂奶或者去哄哭闹的孩子，我就吓得浑身发抖。至于要换臭烘烘的纸尿裤，我就不说了……况且我动不动就会呕吐……

"我还来不及去敲邻居的门。"我说。

"我教你怎么做，"吉娜说，"写一个小广告，然后用图钉钉在超市或药店门口的广告栏上。这很容易嘛！不需要挨家挨户去找邻居，顾客自己会找上门来的。"

"你要我帮助你写广告吗？"吉诺友好地建议。

"我现在不想写，但我晚上自己会动手的。"我撒谎道，可怜巴巴地想结束这场讨论。

哼！他们开始用自己当保姆的经历来激怒我

了！即使我能找到一些愿意把孩子交给我看护的家长，我是否真的能胜任这项工作呢？上课是一回事，但没有实际经验，我怀疑自己是否能满足孩子和家长们的需要。

"我很担心自己当不了理想的看护员。"我最后承认道。

"在你看来，怎样才能叫理想的看护员？"吉诺问。

"这呀……"

"等等，"吉娜打断我的话，"在我们《高级看护课》的课本最后，有一个单子，上面写着家长们会有些什么期待。让我看看！"

她一把夺过我手中的课本，认真地翻阅起来，然后停在其中的某一页上。

"我问问题你回答，然后我打钩。"她手里拿着铅笔说。

"首先，你觉得自己对孩子感兴趣吗？"

"当然。"我答道。

"很好。"她一边说一边在相应的框框里打了一个钩，"第二，你觉得自己能看护好孩子吗？"

"嗯，我……能……我想我能。"我答道，但犹豫了一会儿。

"你没有说谎吧？"吉娜接着问。

"绝对诚实可信。"

"身体和精神健康吗？"

"完全健康。"

"在紧急情况下，你能保持头脑清醒，发现危险吗？"

对于这个问题，我又花了几秒钟时间来思考。事实上，很难知道在极其危险的情况下，我们会做出怎样的反应。这时，我想起了我和母亲一起外出旅行过程中遇到的无数波折，心想，我已经习惯摆脱困境。

"我想我可以说能。"我点点头回答说。

吉娜继续根据我的回答进行打钩。我觉得我已经通过考试，并对自己感到很自信了，结果出问题了……

"你觉得自己能让孩子对你感兴趣，能吸引他们的注意力吗？"

"……"

"说呀！"吉娜追问道。

"这正是我所担心的。"

"到了那个时候，你自己会知道该怎么办的，我深信不疑。"吉诺安慰我说。

他很友好，但我却不那么肯定。假设家长给我机会，让我看护他们的孩子，孩子们是否会欢迎我呢？我怎样才能让他们对我感兴趣，让他们喜欢我？我似乎什么都不懂，我没有任何本领吸引任何人。吉娜比我有趣得多，而吉诺是那么讨人喜欢。我充满了自卑情绪，觉得大家都只盯着我的缺点看。当然，吉娜和吉诺除外，但他们是我最好的朋友啊！

事情就这样拖了好几天。后来，发生了一个奇迹！应该说两个奇迹，而且是在同一天。那一天，我永远都不会忘记。

5月3日星期四

上午9点

今天,我在卡比托尔(Capitole)剧院对面下了公共汽车之后,生活发生了改变。

我们学校中学一、二年级科学与数学课的同学应邀去参加每年春天举办的魁北克魔术节。预定的校车把我们送到了剧院前,我们打算在那里参加学习班学习魔术。应该承认,起初,我的热情不是太高。难道你相信巫术、魔术、催眠这类东西吗?然而,学习的目的,正是为了告诉我们,魔术和科学有多么密切的内在联系。我不是开玩笑,这是毕达哥拉斯[①]说的。

[①] 毕达哥拉斯(前580至前570之间—约前500),古希腊数学家、哲学家。(本书未特别注明的注释均为译注)

吕克·朗之万①也到场了!这让我大吃一惊。你知道他吗?不得了呀!你不知道?那更好。他是个超现实主义者,一个超级神奇的人。总之,我想说的是,吕克是世界上最优秀的魔术师,也是最好的老师。这话是朱丽叶我说的。他极其耐心和蔼地向我们展示他的一些初级魔术——不如说那是一些戏法,他毕竟不会把自己的秘密全都告诉我们!他给我们讲得最多的,是他初学魔术时的情况,说自己胆小得很,是魔术这种方式促使他与别人建立了联系。

对我来说,这是一种启发。我看得津津有味,差点都看呆了。我找到了我的职业!至少我当时是这样想的。我觉得自己找到的,主要是把别人吸引到我身上来的方式,尽管我缺乏自信,不善社交。那天上午,我对自己说,我只要让一个硬币、一支钢笔、一卷纸、一副牌或我自己的手指消失,就可以迷住观众,成为孩子和家长的偶像。我高兴得都要跳起来了!

---

① 就是他,魁北克著名魔术师。——原注

我的惊喜还没完呢!回到家里,我不知道还有一个小小的奇迹即将发生。

下午3点30分

"啊,朱丽叶——特,我的小宝贝!你终于回来了,我有事要告诉你。"我一踏进家门,老妈就大声地对我说。

"有什么事呀,我亲爱的小妈妈?"我回答说,脸上笑开了花。

我太高兴了,因为我发现自己有这个爱好之后,好像没有任何事情能影响我的心情,哪怕是老妈那个总是让人恼火的习惯:她老是无休止地拖长我的名字,在后面加上一个"特"字,而不是像大家那样叫我"珠儿"。更可气的是,她有时还用一些可笑的小名来叫我,比如"小宝贝""小猫咪""小可爱"等。

"准备行李,我们去旅行。"

"什么,又要去旅行?什么时候?这次去哪里?"

我一分钟前的欢笑变成了苦笑。唉,老妈真

是好动成瘾，她就不能好好地在家待着！不是开玩笑，你当过一年到头外出旅行并且缺课超过25天的学生吗？是的，不骗你。将来，我的数学会跟不上的，我会被当作差等生。

"小宝贝，我们去伦敦！好消息吧？"

她说这句话的时候，激动得像是告诉我有人请她去好莱坞旁边的马里布海滩度假似的。

"那得看情况。我们现在就去？说真的？我的功课怎么办？还有，首先请告诉我，我们去那里干吗？"

"啊，原谅我，我太激动了……我们不是现在就走，而是初夏。《出行》杂志的主编要我报道吕克·朗之万巡演前几天的情况。朗之万先生是个魔术师，他首先将在伦敦的魔术团表演两场。我要报道伦敦人是如何欢迎他的。那个剧场不大，但这对他来说是个难得的机会。"

我睁大眼睛，不敢相信老妈的话。

"妈，这太不可思议了……今天，我们学校还……"

"抱歉，朱丽叶，我没有时间跟你讨论，"她打断我的话，"天黑之前，我还有无数事情要做，

5月3日星期四

还得做晚饭。回你自己房间做作业吧!晚饭做好后我喊你。行吗?"

我不想再坚持讨论。说到底,那是一件很棒的事!我将跟随我的新偶像一路旅行。我可以尽情想象他巡演中发生的种种不可思议的故事!我将把吕克的本领都学会,他会觉得我在这方面很有才华,肯定会让我给他当助手。几年后,我将超过我的师傅,成为世界上最厉害的魔术师。

命运有时就这么神奇!

你说什么?你觉得我走得有点快?好吧,那我就放慢速度。

我刚才说到哪里了?是的,伦敦。世界上没有哪个地方比大不列颠及北爱尔兰联合王国与魔术的关系更加紧密,而伦敦是英国的首都。催眠者、预言者、魔术师梅林①,托尔金②的小说《霍比特人》

---

① 美国作家T.A.贝伦的小说《梅林传奇》中的人物。传说梅林是亚瑟王的谋士,保护童年的亚瑟继承了王位,后来又做了亚瑟王的先知、魔法师和军事顾问。
② 约翰·罗纳德·瑞尔·托尔金(1892—1973),英国作家、语言学家及大学教授,主要作品有《霍比特人》《魔戒》《精灵宝钻》等。

中的人物比尔博（吉诺很喜欢他），关于他们的传说就诞生在那里。还有……你说什么？《哈利·波特》？你说得对。我看，你也对魔法感兴趣！

"我们会跟他住在同一家酒店吗？"我又问我妈妈。

"跟谁？你说的是谁？"

"当然是吕克·朗之万呀！"

"很遗憾，不住同一家酒店，但你会满意的，我们将住在我熟悉的一位老朋友家里。"

"你在伦敦也有熟人？"我惊讶地问。

"威廉米娜5岁的时候我就认识她，我曾在她家当寄宿女。"

"寄宿女，这是什么？"

"寄宿女有点像保姆，就是帮人家照顾孩子，但没有工资，只管吃住。"

"你以前做过寄宿女？"

"我从来没有跟你说过吗？1989年，我在伦敦生活过一年。我每天上午照顾小威廉米娜，下午去上英语课。（她说的确实是威廉米娜，我没有开玩笑。取这样的名字，上学一定不容易。）那个时期，雇佣一个讲法语的女孩已经很了不起了。今天显然也一样。"

"你是说，你要去照顾你朋友的孩子？那你写报道就没有多少时间了。"

她笑了。

"放心吧，朱丽——叶——特，这不如说是你的任务。上午和晚上，我工作的时候，你帮一下保姆；下午我们俩去伦敦城里逛街。不管怎么样，我们只在那里住几天。"

"这究竟是怎么回事？"

我惊讶地大张着嘴，问。

"威廉米娜嫁给伦敦一个富有的银行家，叫戈登·班克斯，他们有4个孩子，"老妈接着说，"我跟着吕克·朗之万的时候，你待在他们身边积累一点经验。"

我的心都快停止跳动了。

"你不会是骗我吧？你很清楚，我没有看护孩子的任何经验。"再说，吕克·朗之万是我的偶像，而不是她的偶像……

妈妈丝毫没有发现我的慌乱，继续说：

"玛丽·波平斯毕业于一所很著名的保姆学校,诺兰德学院。那家学校只收尖子生中的尖子生。你肯定能从她身上学到很多东西。"

"可是……"

"你完全照她说的去做就行了,你会发现,一切都会很顺利。"

"什么?"

这可太令人吃惊了!这么说,我得在一个……保姆的监视下度过一个星期!母亲找不到比这更好的折磨我的办法了。

7月7日星期六

现在已经是7月份了,暑假已经过去两个星期。我在准备行李,我可以肯定事情将完全如我想象的那样发生。

我太天真了!

从5月份开始,我就不断地练习新魔术,在房间里对着镜子重复,把自己当作观众。"油管"(YouTube)①里有关这一方面的视频能找到的我都看了。我养成了习惯,一有机会,我就当着吉诺的弟弟妹妹的面,试验我灵巧的手法。我甚至学会了难度系数很高的"手藏术":小心地把一个物体藏在掌心,不让大家看见。要做到这一点,就必须不断地练习。(我承认,我变得还不是太好,但会越

---

① 美国视频网站,2005年注册,由美籍华人陈士骏等人创立。

变越好的。）我还意识到魔术师拥有让人想象不到的本领，他们让人着迷，能吸引大家的注意力，像磁铁一样把大家吸引到他们身上。让我欣喜的是，我将成为他们中的一员。我对母亲和孩子们表演的最多的魔术是把东西变没。我想，总有一天，我会受到周围孩子们的追捧。我是说，至少是吉诺的弟弟妹妹……

当然，这里涉及的更多是灵巧性而不是真正的魔法。但我知道，我最终能打破这二者之间的界限。只要持之以恒！现在，班克斯家的孩子们要注意了。小魔术师朱丽叶准备出发了！

7月8日星期天

上午9点

飞行了两个半小时后，在伦敦迎接我们的是一场大雨，准确地说是倾盆大雨。尽管出租车挡风玻璃上的雨刮不停地刮，从希思罗（Heathrow）机场到我们在苹果树巷17号的住处，一路上我什么都没看到。苹果树巷位于伦敦西北的一个叫作马里勒波恩（Marylebone）的时尚住宅区里。直到出租车在班克斯家红色的砖房门口停下来，大雨才停歇，好像有人在操作一个神奇的开关。突然，一滴雨都没有了。不过，这时刮起了一阵狂风。不骗你，从出租车上下来时，我觉得自己连同行李箱都要被风吹走了。

呜呜呜，强劲的北风呼啸着，刮跑了行人们的帽子。

"这里常常这样。"妈妈对我说,她徒劳地捂住被风吹得四处乱飘的金色鬈发,"一会儿阳光普照,一会儿大雨倾盆或浓雾弥漫,但我们很快就会适应的,别担心。重要的是永远不要失去幽默感,要随时带着一把好雨伞、一件雨衣和一件薄羊毛背心。"

"是吗?"

展望未来,似乎会令人愉快……

上午9点30分

"玛丽娅娜!再次见到你真高兴!"门打开时,一个女性大声喊道,"雅美、马修,孩子们,快过来!Come see who is at the door!(看看谁来了!)是你们的新babysitter(保姆)和她的妈妈。"

夜间飞行让我疲惫不堪,蓬头散发。我拖着大行李箱,背着双肩包,爬上8个台阶,走到门口,累得满脸通红。我这个"保姆"遇到班克斯家的三个成员的目光时,非常狼狈,丝毫不像我原先期望的那样得体。他们正好奇地看着我呢!

一个7岁左右的小女孩站在他们的母亲身边,对

7月8日星期天

着我伸舌头,火红的头发细心地扎成辫子,鼻子上有一些红点;而她的弟弟,也是红头发,可能比她小一岁吧,用食指对着我的方向,假装射击,好像拿着手枪似的。

"我很高兴认识你的孩子们。他们太可爱了!"妈妈高兴地说,"朱丽叶,你说是吗?"

"嗯。Hi! How do you do?(嗨!你好吗?)"我像一个稚气的少女,红着脸跟他们打招呼。

"你可以讲法语,"女主人说,"孩子们已经跟他们的家庭教师学会了法语。Say hello to(问候)玛丽娅娜和朱丽叶。"她对她的孩子们说。

看孩子们没有说话,她便转身对我母亲说:

"高兴的是我们,很高兴认识你女儿,也很高兴重新见到你。Welcome to London!(欢迎来伦敦!)"

我正在想怎样才能讨好那两个小调皮,这时,保姆也出现了。我想我从来没有见到过长相那么奇特的女人。她很高,非常高;很瘦,非常瘦。这个身材瘦长的保姆有一双蓝色的眼睛,眼睛大得都差点把脸挤掉了,小小的嘴巴圆圆的,像一颗心,黑色的头发挽成一个规规矩矩的发髻,头上戴着一顶滑稽的褐色卷边帽，配着米色的制服和一双……白色的手套。哼！

"哎，玛丽，劳驾你带朱丽叶到nursery①（儿童房）住下来。我带我的朋友玛丽娅娜上楼去她的房间。"女主人命令道。

"好的，夫人。孩子们，请跟我来。"那个严肃的年轻女子回答说，然后转身向一条很大的楼梯走去，班克斯家的两个孩子一蹦一跳地跟着她。

儿童房？我没听错吧？

"我想，你女儿睡在孩子们睡的那一侧更方便。"威廉米娜·班克斯对我母亲说，好像我不存在似的。

"这主意太好了，而且可能很有趣。"老妈表示同意，"走，朱丽叶，你也上楼吧。我们待会儿见。"

叛徒！更气人的是，老妈朝我轻轻地摆了摆手，意思是说："快走啊！"我简直难以相信，然而……我确实没有别的选择，只能跟着孩子们走。

那个叫玛丽的年轻保姆已经提起我的箱子走

---

① nursery这个词指英国家庭中孩子住的一个或几个房间。——原注

了。但当我追上她的时候,她把箱子放在楼梯脚,没有提到楼上去。当我气喘吁吁地提着行李箱时,雅美和马修不断地回头,好奇地看我,然后交头接耳,强忍着不让自己笑出声来。

悲惨啊!我又上了贼船!

上午9点40分

一到楼上,我就注意到,楼上分为两侧,每一侧都有一条走廊。我们走的是右侧。

"这就是儿童房。"保姆说着打开一扇门,闪在一边让我们进去。

我惊讶地发现,所谓的nursery,远远不是一个简单的房间,其实是一个套间。中间的房间宽大明亮,是游戏室。那里有所有你能想象得到的玩具,甚至包括一艘很大的金色帆船模型,里面有两只白色的鸽子。房间的四周,有六七个门,通往其他几个房间,包括一个厨房和一个浴室,还有几个卧室。

"哇!"我不由自主地叫出声来,"班克斯家可不穷!"

保姆好像被马蜂蜇了一下，惊跳起来，责备地看了我一眼，回答说：

"姑娘，请不要讲这种既不合时宜又完全无益的话。"

然后，她转身对雅美和马修说：

"听话，告诉贝鲁贝小姐她的行李箱应该放在什么地方。我去把双胞胎抱下床，然后在楼下等你们。我们像往常一样去公园。"

"朱丽叶和我们一起去吗？"雅美问。

"当然。"保姆生硬地回答说。

然后，她用不以为然的目光从头到脚打量着我：

"小姐，千万别迟到了。"

不等我回答，她就把我晾在那儿，消失在一扇门后。我猜门后是婴儿房，也就是那对双胞胎住的房间。

"嘿，你们的保姆不是很rigolote。"我脱口而出，并做了一个鬼脸。

"'rigolote'是什么意思？"雅美用法语问，她的口音非常棒。

"意思是'滑稽'"。

"姑娘，学会管好自己的舌头对你不会有坏处。"保姆在关上的门里面回应道。

天哪，这女人的耳朵真尖！我想，在以后的几天里，最好还是少说为妙。

"你跟玛丽熟悉了之后就会发现她人很好。"马修说，然后也吐了吐舌头。

我点点头，没有乱了阵脚。

"我很愿意相信你说的话。不过，现在请告诉我这些东西放哪儿？"我指了指我的箱子和背包。

"我睡在这里，你睡在那里。"他指着两扇半掩的门对我说。

第一扇门里房间的墙是蓝色的，里面有一个深色的木头柜子、一个床头柜，上面放着一盏蓝色的台灯，单人床上铺着天蓝色方格的床罩，还有一把漂亮的椅子……也是蓝色的。房间整体很漂亮，尽管对小男孩来说有点庄严。

"马修，你的房间很漂亮。"我恭维他说。

"这个房间是我一个人住的。"小家伙强调说。

"哇！这么说你长大了。太棒了！啊，那是什么？"我假装在他耳朵后面找到了一枚硬币。

小家伙圆瞪着眼睛,显得非常吃惊:

"哇,你会魔法?"

"是的。"

尽管我不太肯定"魔法"这个词用得是否合适,我还是感到很自豪。我也许能获得这个小家伙的好感。

"你能让它消失然后又让它出现吗?"

"当然。看好了!"

这当然是个戏法。你知道,我首先必须用主手(对我来说是左手,因为我是左撇子)向观众展示硬币,用食指和拇指捏着它;然后,把另一只手放在这只手前面。当我把这只手抽出来的时候,硬币在我左手消失了。我张开我右手的掌心,它当然是空的。技巧在于左手被右手遮住时,动作必须灵活,用左手食指和中指的关节夹住硬币,这样,观众就看不见硬币了,但我们自己看得见。一切都取决于手指是否灵活,双手的角度是否合适。我在过去的两个月里天天练才练成功!

小马修大张着嘴,觉得难以相信。可惜的是,雅美的反应完全相反。

"好了，玩够了！来看看我的房间。"小女孩不耐烦地拉着我T恤衫的下摆。

推开旁边的门，里面的房间跟刚才那个很像，但有两个金色的木柜、两个床头柜、两把玫瑰色的木椅和两张单人床，床罩上有玫瑰花和倒挂金钟①图案。

"对了，这也是你的房间，"雅美说，"希望你能喜欢。"

"啊！怎么会什么东西都是双份的？"我惊讶地问。

"我们一直在等你。"她只回答了这么一句，好像觉得这事很正常。"赶快打开你的行李箱，摆放好衣服，不能让玛丽等我们。她不喜欢这样。"

上午10点

我也急于出门，想看看伦敦这座城市究竟是什么样的。如果必须跟着雅美、马修和怪异的保姆去逛街，那也没办法。我披着大衣，手里拿着雨伞，第二

---

① 倒挂金钟，别名：灯笼花、吊钟海棠。多年生半灌木。

次跨越大门。让我大吃一惊的是，风停了，阳光灿烂。

"哇！天蓝得不可思议！"我高兴地叫起来。

"天气当然很好。"玛丽不屑地看了一眼我的雨伞，立即回答说，"你以为会是什么天气？现在是夏天。"

我不知道该如何回答，便沉默着。这个玛丽·波平斯，脾气真臭！

"而且，你以后最好不要随便乱说话。"她马上又补充了一句，然后盯着我，好像她有本领能猜到我在想什么。

我的天哪！

上午10点10分

玛丽·波平斯推着有轮子的双人带篷婴儿车，往前走着。在走之前，我看了一眼蓝色的篷布下面。从双胞胎头上毛茸茸的头发看来，他们应该也跟他们的哥哥姐姐一样，头发是红的。他们还不到一岁，好像攥着拳头睡着了，然后，突然睁开眼睛，眨了眨眼皮，给了我一个非常甜蜜的微笑，接着又睡了。难道这是我的幻觉？我可以发誓，他们真的朝我眨了一下眼睛……

上午10点20分

当我们这一小群人踢踏踢踏往前走时，我睁大眼睛，看着周围的一切。伦敦的这个街区和我以前到访过的欧洲城市毫无相同之处。"苹果树巷"这个名字应该是来自路边的苹果树，但最吸引我的，还是一排排一模一样的房屋：红色的砖墙，门和栏杆都是黑色的铸铁做的，显得又漂亮又庄严。汽车也一样，似乎都差不多：很小，深色，开得飞快。

当我们来到贝克街和牛津街的交叉路口，我习惯性地向左边看了一眼，就想横穿马路。犯了大错！

"Watch out！"（"小心！"）小雅美大喊一声。

我的大脑对她的警告还没反应过来，右边就飞速驶来一辆火红色的"美洲豹"，离我只有几厘米，差点压到我的脚指头。保姆一把抓住我大衣的领子，用力把我拉回到人行道。我的心跳得飞快。

"贝鲁贝小姐，你这是怎么了？难道你不知

道，过街之前永远要先看一下右边？"

"啊，我不知道，或者说我知道。好的，我会当心。很抱歉，请原谅我。"

在英国，必须记住的第一件事，就是过马路时永远要先看右边，因为汽车、摩托车、自行车、滑板车甚至旱冰轮滑都是从那个方向来的。你知道为什么吗？因为英国的汽车的方向盘安装在右边，司机在道路的左边驾驶。是的，我知道，这是一个相反的世界。难怪要小心，否则会很危险。人的习惯根深蒂固，在旅行中的这短短几天内是很难改变的。

牛津街的尽头便是大理石拱门（Marble Arch）。这个庄严的凯旋门，是海德公园（Hyde Park）东北门。海德公园好像是伦敦最大也是最出名的公园。

"去那里参观的人很多，尤其是星期天。"玛丽说。

"为什么是星期天？"

"因为星期天演讲家们都赶去'演讲角'（Speakers' Corner）。"小雅美回答说。

"什么？演讲家的什么？"

"演讲角。那是英国人非常珍惜的传统。"玛

7月8日星期天

跟着雅美、马修和怪异的保姆去海德公园散步。

丽解释说,"自1872年以来,我们就习惯在星期天聚集到这里讨论大家所关心的问题。有人发言,有人听,有人提问。"

"啊,是这样。"

"滑稽的传统。"我想,"天气那么好,我宁愿去野餐!"我觉得这个公园很漂亮,参天大树,翠绿的草坪,还有一个美丽的湖泊,有人在天鹅与野鸭当中泛舟。

"我们今天能下水吗?"雅美天真地问。

"很遗憾,不行。我还有其他事情要做。"玛丽回答说。

我在想,会是什么事情呢……

上午10点45分

"孩子们,我们到了。"保姆在一条小径当中放慢脚步。小径中央有个亭子,这个亭子就叫作"演讲角"。我不知道我们到这里来干什么,但周围有很多人。我观察着摩肩接踵的人群,发现几个人已经爬上了临时讲台:一个男人登上了一把有三个阶梯的小梯凳,还有一个人站在小塑料凳上。那张塑料凳很像是我三四岁时为了够得着浴室洗脸盆所用的小凳子。在我面前,有个穿裙子、披斗篷的大胡子男人站在一个旧木箱上,他说的语言一点都不像英语。"听众们"在回答他的问题。全都是男的。为什么?我不知道。

"他们究竟在那里干什么?"我问,"看演出?那个男人为什么穿裙子?"

"那不是裙子,而是长袍。你真无知。"雅美讽刺我说。

"他们在争论。"小马修回答说。

"他们在争论汽车还是体育运动?因为他们全都是男的。"我抬头望着天空,觉得很可笑。

玛丽终于屈尊给我解释几句了。

"演讲角是人们发表意见、抱怨、宣布消息或向听众普及知识的地方。以前,来那里的主要是一些希望讨论政治问题的演讲者和听众。后来,人们也常常在这里谈论宗教问题。那个穿长袍的是伊斯兰教信徒,他在跟人争论《古兰经》中很难的一章。"

"有病!"我脱口而出。

"贝鲁贝小姐,鉴于你总是忍不住想发表你头脑中产生的狭隘的思想,我只能再次建议你直到产生有价值的想法时才开口。"保姆补充道。

"啊!"

我惊讶得合不拢嘴,但玛丽·波平斯已经在继续走她的路了。她离开小径,朝一片小树林走去。幸运的是,漂亮的婴儿车避震不错。

"我们去哪儿?"我又斗胆问道。

那个可爱的保姆甚至懒得理我。这个星期似乎会……很难过。我开始生气了,鼻子也酸了。她把我当什么人了,这个……爱吵架的女人?那两个小捣蛋鬼也开始惹我生气了!

"我能握着你的手吗?"雅美轻声地问我,把她的小手塞到我的手掌里。

"嗯……"

"我也想握着你的手!"她弟弟也伸过小指头来。

太棒了!我立即就感到好受多了。也许我至少能赢得这两个小家伙的尊敬?总之,我会尽一切努力,达到这个目的。我立即下了决心。

我们三个人跟着玛丽,从右边绕过小树林,来到一条通往公园中心的小道上。

"在这里等我。"保姆命令道,"我一会儿就回来。你能看一下这两个孩子吗?"她用蓝色的眼睛盯着我,补充说,"就15分钟。"

"当然可以。可是……您去哪儿?"

她当然没有回答我的问题,而是很快就带着双胞胎,消失在道路尽头。

"现在我们该做什么?"马修问。

"捉迷藏!"雅美建议道,她突然松开我的手,跑了起来。

"对,我也喜欢捉迷藏。"马修附和道,"朝那棵树转过身去,一直数到100。"他命令我。

我7岁以后就没有玩过捉迷藏了,但这不失为一个好主意。

"1,2,3,4,5……"我开始数数。

数到25时,我开始偷工减料,大喊了一声"100",就转过头来,开始寻找那两个小家伙。星期天将近中午的时候,天气暖和,我再次觉得自己来到了世界尽头,沉浸在一种奇特的幸福感之中。伦敦市民纷纷提着野餐的篮子,带着垫子,先后来到伦敦市中心的这个公园,享受美丽的大自然。旁边,还有人骑着马散步。真的,我没有开玩笑。那是一些真正的骑手,坐在英式的马鞍上,穿着马靴,拿着马鞭,戴着半圆形鸭舌帽。

离我不太远的地方,我看到湖面有几艘脚踏浮艇。湖的那头有一座壮观的小城堡。我很想过去看一眼,但是时间到了,该去找孩子们了。

我轻而易举就找到了马修。这可怜的小家伙,他很笨拙,藏在一棵小柳树后面,露出了半截身子。让人笑死了!

"你是怎么猜到我在这里的?我藏得好好的。"

我大笑起来。

"应该说我运气好。你能帮我找到你姐姐吗?"

"如果我比你先找到,我能赢得什么东西吗?"他大着胆子问。

"一个吻。"我回答说。

"我宁可要糖果。"

"待会儿再说吧。走!"我说着挽起他的手。

事实上,是我开始担心了。小女孩建议玩捉迷藏,躲起来已经有5分钟了。她会藏在哪儿呢?玛丽·波平斯又去了别的地方！如果不能很快找到雅美，我会急死的。突然，我想起高级看护课的前几堂课中，老师曾说，"在散步时或在公园里，永远不能让孩子离开你的视线。"我真蠢，为了玩这个愚蠢的游戏，我闭上了眼睛。如果发生不测，我是永远都不会原谅自己的！

我不安地用眼睛扫视着四周，大声喊道：

"雅——美！雅——美！你在哪里？"

我觉得自己是个笨蛋，十足的笨蛋。我紧紧地抓住马修的手，四处乱找。我太恨自己了。尽管我意识到这种负面的情绪没有任何作用……突然，我看到她了，她在骑手来往的那条小路的对面。她很开心，丝毫没有意识到自己刚才把我吓得够呛，她撒腿跑了起来。"这样会被马撞倒的！"我想。

"雅——美！等等！站在那里不要动，好吗？"

我等到路上没有人，才拉着马修跑到对面，威严地抓住雅美的手，她这才意识到自己躲过了一场大灾难。我脑海里回响着高级看护课上老师的声音，他重复着强调："成年人不在的时候，把孩子托付给你，是因为他确定你有领导能力，相信你能确保孩子们的安全。"

我第一次实践考试就可悲地完全失败了。我要把雅美和她弟弟带回到保姆身边,免得再闯祸……

上午11点15分

玛丽消失之前所走的那条小路越来越细,最后变得很窄很窄。我带着两个孩子在路上走着,心里不是很踏实。那个保姆究竟去干什么了呢?不是吧,老妈又把我拖进了一场什么奇怪的历险?

小路尽头,一个惊人的场面等待着我。一群人围着一个女演讲者,那位女士比我们到达公园时看到的那些男人还要怪异。她穿着白色的衣服,跟玛丽·波平斯一样又高又瘦,皮肤白皙,金色的长发颜色很淡,一直垂到腰间。

"这是'湖畔女士'。"雅美轻声地说。

"你说什么?"我问。

"她是维维安娜女士,"马修回答说,"她多漂亮啊!"

我只在亚瑟王和魔法师梅林的故事中听说过

7月8日星期天

"湖畔女士"这个名字。这也太巧了吧……有一件事可以肯定：听众都被那个女人的话征服了。但最让我感到奇怪的，还是那群听众。她们全是女的：一个穿黑衣的小老太婆，一头灰白色的长发，驼着背，拄着一根旧拐杖；一个紫色头发的女人，涂着黑色的眼影，长长的指甲也被染成黑的；一对孪生姐妹，短发，身上有文身，还有为戴首饰而做的穿刺，她们穿着马丁（Dr. Martens）靴①和破洞的黑色紧身裤，外面是皮运动短裤。别忘了还有玛丽·波平斯，她戴着手套，双手放在婴儿车的车把上。

"哎哎，波平斯小姐！"我大着胆子喊。

听到我的声音，现场的人全都朝我这个方向看过来。

"朱丽叶！"那个金发女演讲者大声喊道，口音很重，"Welcome! 欢迎来到我们当中。"

"这就是我跟你说过的那个女孩，"保姆不客气地插嘴说，"I have to go.（我得走了。）很不幸我恐怕到了该离开的时候了，亲爱的维维安娜。"

---

① 著名靴子品牌，二十世纪七八十年代朋克和新浪潮等最爱穿的鞋子。

"Goodbye,玛丽!下星期天见!"那个女人回答说。

然后,她又转身对我说:

"啊,朱丽叶,在让你离开之前,我想对你说……"

"说什么,夫人?"

"姑娘,你素质很高,你有一些才能和本领自己可能都还没有意识到。给自己一点信心,你会看到,一切都会很好的。"

她朝我笑笑,我却惊讶地睁大眼睛。她想说什么?难道她猜到我缺乏自信?玛丽都告诉她了?我不知道怎么回事……

"好了,孩子们,咱们走?"小班克斯们的保姆等不及了,"我饿死了,你们不饿吗?"

上午11点50分

回到苹果树巷17号,一件让人很吃惊的事情在等待着我。每个星期天,班克斯全家都要到班克斯先生的父母家吃午餐。玛丽·波平斯有一下午的

7月8日星期天

假。妈妈打算带我去什么地方走走。

"你不用工作吗?"

"不用。"她回答说,"星期二晚上之前,吕克·朗之万没有任何演出。我们去坐地铁如何?"

我喜欢坐地铁,所以我很赞同。

"去哪儿?"

"我会让你大吃一惊的。"

我喜欢惊喜!当然,必须是好事。

在班克斯家的厨房里匆匆吃了火腿三明治和黄油饼干后,我和妈妈出了门,一直走到贝克街的地铁站。在这里,尽管许多牌子上都写着"Underground"("地铁"),人们还是把"地铁"叫作"The Tube","管子",这很滑稽,是吗?地铁图也叫作"The Tube Map"。这是妈妈到了地铁站后拿的第一件东西。她还是老习惯,利用这个机会告诉我,伦敦的地铁是世界上的第一条地铁,建于1863年。

我听了以后很激动,只希望妈妈不要让我们迷路,因为这里的Tube至少有12条线,每条线都有自己的颜色。

（1）Piccadilly Line——皮卡迪利线（深蓝）

（2）Central Line——中央线（红）

（3）Circle Line——环线（黄）

（4）District Line——区域线（深绿）

（5）East London Line——东伦敦线（橙）

（6）Jubilee Line——朱必利线（灰）

（7）Hammersmith & City Line——汉默史密斯及金融城线（粉红）

（8）Metropolitan Line——大都会线（紫）

（9）Bakerloo Line——贝克鲁线（棕）

（10）Victoria Line——维多利亚线（天蓝）

（11）Northern Line——北线（黑）

（12）Waterloo & City Line——滑铁卢与金融城线（浅绿）

下午1点

在紫色的大都会线往阿尔德盖特（Aldgate）街方向坐了一小段之后，我们在国王十字（King's Cross）站下车。你听说过这个名字吗？慢慢地想。

7月8日星期天

我也花了几分钟时间才想起来。

"很奇怪,这地方让我想起了什么。可我是第一次来伦敦呀……"

"那就好好想,你完全有理由觉得这个名字很熟悉。"

"嗯……"

"这是一个非常特别的站名。"老妈补充说。

我想,全世界也只有她会带我来参观一个车站,并且以为我会喜欢。就在这时,我灵光一现。

"天哪,不会是那个车站吧?"

她大笑起来。

"就是它。你想看看吗?走!"

我太高兴了。国王十字站是伦敦的著名车站,哈利·波特和英俊的罗恩·韦斯莱[①]每年开学都会从这里坐霍格沃兹快车前往魔法学校。我们在《哈利·波特》的各集影片中都能看到它。你看过那些影片吗?

"妈,我们能去拍摄电影的站台上看看吗?"

---

① 《哈利·波特》系列中的男二号。

"当然可以！"

我8岁起就是《哈利·波特》的粉丝。我看了每一册书和根据小说拍摄的每一部电影。我都不敢相信现在竟然离那个神奇的车站咫尺之遥。下地铁时，只需跟着"Platform 9 ¾"①的路标走。难以置信！显然，在J.K.罗琳的那本书大获成功之前，那个站台并不存在。总之，我想是这样……

然而，一到现场，我们就惊讶地发现……你猜到什么了？当然是要排长队啦。

"天哪，"妈妈说，"这太讨厌了！这不跟在埃菲尔铁塔下面一样了吗？"

"完全不一样，妈，你太夸张了！"

等了20分钟左右（要承认还不算太坏），我们终于可以接近那道著名的砖墙了。妈妈给我拍了一张照片，我脖子上围着格兰芬多学院围巾，推着一辆正要消失在墙里的行李车。嘿，这还不是全部！几米远的地方，还有一家店铺。那是我进去

---

① 9¾站台，伦敦国王十字车站的一个站台，在第9站台和第10站台之间的隔墙后面。《哈利·波特》中，每年9月1日，霍格沃兹魔法学校的学生会从这里登上霍格沃兹特快列车前往学校。

过的最不同凡响的店铺。这是珠儿我说的!里面的氛围……神奇极了。柜台后面甚至挂着一把扫帚!我们买了两张霍格沃兹快车的"车票"和两块青蛙巧克力。妈妈送给我一支魔法棒(她知道我有多喜欢这个新玩具),有许多选择,我当然选择了和赫敏·格兰杰①一样的魔法棒。

下午2点

"好了,小宝贝。你现在想干什么?"

"伦敦没有别的地方可以看了吗?"我轻声地问。

她笑了。

"伦敦有无数地方可以看。你知道有一个女王和几位王子公主住在这里吗?"

"真的吗?谁呀?"

"你也许听说过英国的伊丽莎白二世女王及其丈夫菲力普亲王和他们的孩子,查尔斯王子、安德鲁王子、爱德华王子和安妮公主。"

---

① 《哈利·波特》系列的女主角。

"嗯,听说过一点。"

"加拿大的钱币上有伊丽莎白二世女王的头像。"

"啊,是那个女王呀!我听到的更多的是哈里王子和威廉王子,以及凯特王妃和他们的孩子乔治和夏洛特。他们都住在伦敦吗?"

妈妈笑着点点头。

"当然。事实上,英国王室成员有许多官邸,在英国各地都有,但大部分王宫还是在这里。比如,从星期一到星期五,伊丽莎白二世女王就住在白金汉宫里。至于剑桥公爵和公爵夫人,也就是威廉和凯特,他们的正式官邸在肯辛顿宫,就像哈里王子一样。他们的母亲以前就住在那个宫里。"

"哦。可以去参观那些城堡吗?"

"可以。"

"太好了!我一定要去。"我大声地说。(你发现了吗?童话中的真实人物都住在伦敦,人们还可以去看望他们!)

"我不敢肯定他们跟童话中的人物生活'完全'相像。而且,游客不能去王室成员居住的私人公寓参观。但如果你愿意,我一有机会就带你去。

你最喜欢哪个宫?"

"凯特和威廉住的地方!"(你又会怎么回答呢?)

"很巧,肯辛顿宫就在我们那个街区的隔壁。宫殿的花园在海德公园的蛇形湖(Serpentine Lake)对面,就是你早上参观过的那个湖。"

"真不可思议!我就在旁边却不知道!我们能看见他们吗?"

"看见谁?"

"凯特王妃和她的孩子们啊!"

"小宝贝,她是公爵夫人,凯瑟琳·米德尔顿是剑桥公爵的夫人。威廉的母亲才是王妃。但你知道吗,王室成员有可能一年到头都在外面度假,或搬到伦敦以外的某栋房子里去住?"

"啊,是吗?他们到底有多少栋房子?"

"我想有几栋吧!"

"哇!"

成为王室成员看起来真的很威风。我也很想当一个公主、女公爵或者女伯爵。你呢?

下午2点30分

我们又上了地铁。这次坐的是黄线,一直坐到诺丁山门站,然后换橙线,到女王道。出了地铁站,我立即发现,我们其实就住在我早上跟班克斯家的孩子们及其保姆去过的公园对面。

"我们现在在海德公园西端的肯辛顿花园。"妈妈解释说,"以前,这里是肯辛顿宫的私家花园。"

"他们的王宫就是我早上远远看到的那栋楼吗?"我指着小城堡模样的那座建筑问。

我还以为他们住的是童话中的城堡,就像迪士尼游乐园"神奇王国"(Magic Kingdom)的林中睡美人所住的那种宫殿。不过我还是得承认,花园非常漂亮。这时,眼前的一尊雕像吸引了我。

"我好像认识那个人物。"我说。

"你说得完全有道理。那是19世纪英国作家詹姆斯·巴里的小说中的主人公彼得·潘。据说,巴里就是在这个公园里遇到卢埃林家的孩子们的,就是乔治、雅克和彼得[①],他后来想象出了彼得·潘的

---

① 卢埃林·戴维斯一家后来成了巴里的朋友。

7月8日星期天

许多历险故事。"

"你是说彼得·潘确有其人？"

"人物的原型确实存在，"妈妈笑着，温柔地说，"你知道，大多数写青春文学的作者都从他们喜爱的孩子身上获取灵感。这不是什么新鲜事，没什么好吃惊的。这尊雕像是伦敦最著名的历史遗迹之一。走吧！我敢肯定，去城堡里面参观一下不会让你失望的。"

我们在肯辛顿宫里面参观了两个小时。如果说，它的外墙有些像是普通的小城堡，我也很快就发现，我们实际上是在一个巨大的宫殿里，它有许多侧翼、套间、附属建筑和花园。"神奇王国"与它比起来就显得很小了！不骗你的！（你在迪士尼游乐场见过那座宫殿吧？）想想那天我们上下宫殿一共走了多少个台阶？难以置信！

在某些地方，听到木地板在脚下嘎吱作响，我的脑海里充满想象。我不知道花一整个童年是否足以探寻城堡的所有角落！不管怎么样，我了解到了关于维多利亚女王的许多动人的事情，她在世的时候我外婆都没有出生呢！我们参观了她出生和长大的房间，甚至可以欣赏到她的婚纱和首饰。我现在仿佛还在做梦！我还爬上了国王楼梯（King's Staircase），那条漂亮的楼梯通往国王的套间。我想象自己穿着有裙撑支撑的裙子，等待整个王室的接见。可惜我最好的朋友吉娜不在这里。

凯特、威廉和他们的孩子们住在1A套间，光是这个套间就有4层，20多个房间！你能想象有多豪华吗？它原来是伊丽莎白二世女王的妹妹玛格丽特公主的套间。正如妈妈预先告诉我的那样，我们无法参观王室成员日常生活的房间（比如他们的卧室或婴儿房）。不过，我们参观了威廉的母亲戴安娜王妃住过的房间。妈妈忍不住流下了眼泪……我在想这是为什么。据我所知，她并不认识那个王妃！但应该说，戴安娜王妃确实很漂亮。她死于1997年。宫殿门口，有个铸铁的栅栏。妈妈告诉我，戴安娜去世后，英国公民在这个铁栅栏前放置了成千上万的鲜花和蜡烛。难以想象，是吗？我可以看到她的许多肖像画，欣赏到数十件她穿过的裙子。这不是因为我自己常常穿裙子，而是我已经知道，我拿到毕业证书那天应该穿一件漂亮的裙子。

7月8日星期天

我们在肯辛顿宫里面参观了两个小时。

在我们最后参观的一个大厅里，有一个叫作"时尚规则"（*The Fashion Rule*）的展览，展出了在这个城堡里住过的许多王妃和公主穿过的漂亮裙子，其中就包括戴安娜王妃的。她的衣橱，我和妈妈可以足足看上两天。

下午4点55分

"好了！"我打了一个忍了很久的哈欠，说，"我脚都站酸了。我想今天我已经看够了，而且，肚子也饿了。有没有地方能吃到意大利面呢？"

"对呀，"妈妈回答说，"现在是下午茶的时间，我想在'橙园'喝茶一定很美。"

"可是，妈妈，我并不想喝橙茶。"

我的话让她大笑起来。难道我说了什么可笑的话？

"我知道你在想什么。你要知道，在这里，茶点也可以吃到正餐。我带你去。你可以体验一下。"

（哎，关于意大利面，我还得争取……但想到将在这个城堡里进餐，我还是挺高兴的。）

"要出去吗？"

"是的。要去附属建筑。别拖拉了,快。下午6点要关门。"

下午5点

橙园茶社(The Orangerie)其实是一个红砖玻璃房,18世纪初在某王后的统治下兴建,她希望这个暖房能让她的橙树在冬季不被冻死。暖房后来被改造成一个餐厅。在我看来,这是伦敦最漂亮的餐厅。(也许应该说是我在伦敦进的第一个餐厅!)

让我大吃一惊的是,里面的一切都是白色的,除了铸铁椅子是黑色的。(我不知道这是为什么,但我刚才想着墙应该是橙色的。)巨大的柱子是白色的,墙是白色的,窗、墙脚线、桌布、侍应的围裙以及鲜花都是白色的。我还以为自己是在参加婚礼呢!

但事实并非如此!菜单上只有三明治、烤饼、甜点和鱼。

"想吃什么?"老妈问。

"嗯……我不知道,"我回答说,"你看到价格了吗?在这里吃东西太贵了:喝茶配三明治,每个人要28英镑①。菜单上甚至都没有面条。"

"小宝贝,你说得对,不便宜。但我们并不是天天有机会过公主的生活。面条是意大利的传统食品,而三明治和烤饼是英国的传统食品。咱们点个什锦大拼盘,好吗?"

我嘀咕了一声:"好吧!"但当盘子端上来时,我差点惊叫起来。你绝对猜不到三明治里面夹的是什么:青瓜、芥末、薄荷、烟熏三文鱼、奶油奶酪、冻鸡肉、蛋黄水芹菜调味汁。这些东西全都放在没有烤过的切片白面包上。你可以想象得到我有多震惊!

"我想你喜欢青瓜。"妈妈说,她试图让我觉得这一切都很正常。

"但夹在两片面包当中,不得不承认这有点奇特。"我嘟着嘴回答说。

她笑了,说:

"你说得没错。"

后来,她给我讲述了三明治的故事,把我逗

---

① 1英镑约等于8.7人民币。

7月8日星期天

笑了:三明治是乔治三世国王的一个外交官兼英国海军上将约翰·孟塔古的发明,他是三明治镇(真的,我不是开玩笑)的第四位伯爵,嗜赌如命,整日废寝忘食地玩桥牌。有一天,他让人给他送餐,用两片白面包夹着,这样既可以填饱肚子,又不用离开赌桌。这太不可思议了!

最后我得承认,青瓜三明治也不是很难吃,餐盘里毕竟还有许多其他东西:橙味醋栗[①]烤饼配新鲜浓奶油和草莓果酱、咸饼干和别的糕点。除此之外,妈妈还有满满一茶壶的格雷伯爵(Earl Grey)茶,我则还有一大杯牛奶。

晚上7点30分

我们穿过海德公园步行回家。回到苹果树巷时,我累坏了,一进门,就要求上床睡觉。昨晚在飞机上几乎一夜未眠,今天白天应该说又整整逛了一天,我眼皮沉重得不听使唤,怎么也睁不开。于是妈

[①] 醋栗是一种富含维生素的小果实,为醋栗科植物。多产自英国和爱尔兰,那里的居民自中世纪起就享用其浆果。

妈陪我去儿童房,玛丽·波平斯下午放了半天假,现在已经回到房间,正忙着安排雅美、马修姐弟上床。

"啊,你回来了,贝鲁贝小姐!我在等着你呢!我想请你给雅美读个故事,我要照顾她弟弟。"她一句欢迎的话都没对我说。

妈妈满脸不高兴地说:

"很抱歉,波平斯小姐,但朱丽叶困得不得了。她明天晚上再读您希望她读的故事吧。我现在也正要给她铺床呢!"

保姆瞪着我母亲,那种目光让谁看到都会不寒而栗,但母亲也向她投去犀利的目光。这种对抗太可怕了。

"算了,妈妈。我自己来铺吧!"我说。

"小乖乖,你今晚不是寄宿女,明天再当也不迟。"妈妈咬牙切齿地说。

天哪!她竟然当着雅美、玛丽·波平斯的面叫我"小乖乖"。这会让在我未来几天都失去威信的!我必须采取行动。

"妈妈,我现在突然来了精神,我很想给雅美讲个故事。"

老妈惊跳起来,向我投来怀疑的一瞥。那又怎么样?说到底,我已经不是小孩了。我13岁了,很快就要14岁了。

"你肯定?"老妈追问道。

"完全没问题。"我回答说。

玛丽·波平斯耸耸肩,首先走出房间,老妈摇摇头,也跟着她出去了,觉得不可理喻。

"如果有什么不对劲的,马上来找我。"她补充说。

"一切都会很顺利的。"我安慰她。

其实,我很希望老妈能陪着我,她在家里时天天晚上如此。但我猜想这里面有蹊跷,我要勇敢迎接出现在我面前的挑战。

晚上7点35分

接下来,我要做的就是找一个可以讲的故事。在高级看护课上,老师建议我们背包里要永远装一些有用的东西,其中至少要有一本故事书。这个星期,在准备行李的时候,我想到了这一点,在背包里塞了一本詹姆斯·巴里的《彼得·潘》，是一本根据同名小说改编的画册。这是我小时候最喜欢的书之一。我把它从行李箱中拿了出来，正准备念，雅美说：

"你不如给我表演一个魔术。"

"啊？"

她的请求让我感到很意外。今天上午，我在给马修表演变没5英镑的纸币时，她好像对我在这方面的才能不以为然。

"当然可以。"我高兴地说。

这次，我决定要变没一支钢笔。我双手迅速动起来，灵巧地把笔藏在耳朵后面。

雅美拍起手来，显然很喜欢。这让我心里很高兴，我心想，我也许能在这个"疯狂之家"找到自己的位置。

"再来一个，"她命令道，"再给我表演一次。"

"好吧，最后一次，表演完之后你就必须睡觉了。"我预先告诉她。

继钢笔之后，我又变没了一团纸（我把它扔到了身后），接着是一枚硬币、一根橡皮筋，最后是我的拇指。(你知道这戏法的,不是吗?)

玩了4次之后,小女孩终于睡着了,嘴角带着笑。我凝视着她散落在枕头上的红色头发。真是不可思议!我拨开垂在她额头上的一绺头发,对自己说,最调皮的孩子睡着时,也会像小天使那么可爱。

一回到自己的床上,我立即就睡着了。今天白天的活动太多了,我全身都像被掏空了!我想我甚至都打呼了。

"呼呼呼……"

7月9日 星期一

上午7点

"朱丽叶,起床。"

"朱——丽——叶,起床。"有人在我耳边轻轻地说,并用什么东西挠我的鼻孔。

"赶快起床,贝鲁贝小姐。"这时响起了另一个声音,很严厉。

我梦到蜂王想蜇我,我想逃,但动弹不了。一个小仙子飞过来在我耳边悄悄地说,"该逃走了!"但我做不到。后来,蜂王蜇了我,我惊跳着醒来,但仍然迷迷糊糊,坐在床上,有点愣住了:

"哎,怎么回事?我在哪里?"

雅美站在我的床头,手里拿着一根羽毛。玛丽·波平斯则一脸严肃地站在她边上。

7月9日星期一

"7点钟了,小姐。起床,穿衣,帮雅美也穿好衣服。"

"马上?"

"当然不是在中午,小姑娘,"保姆回答说,"我们可不是在夏令营里。大家都在下面等你和班克斯小姐去用早餐。"

天哪,这个保姆一点幽默感都没有。我应该是全校唯一在暑假还起这么早的人!我不情愿地穿着衣服,心里这么想。

上午7点30分

"怎么样,朱丽叶,"当我和雅美来到餐厅时,小班克斯的母亲问我,"昨天白天过得怎么样?"

我犹豫了一会儿。我应该怎么回答她?她的问题包括问我与玛丽·波平斯的关系,还是仅仅问我一天的活动?我选择了一个中性的回答。

"很顺利,谢谢。你们呢?午宴顺利吗?"

"孩子,谢谢你还记得。很不错,像往常一样。班克斯先生的父母每个星期天都请我们一起用午餐。"

威廉米娜称自己的丈夫为"班克斯先生",好像那是个外人似的。这太滑稽了,我想。

"今天上午,我得去见吕克·朗之万,我们有个访谈。"母亲插话说,"你就自己对付了?"

她好像有点担心。我明白她的直觉,但不想增添她的不安。

"一切都会很顺利的,你不用担心。玛丽·波平斯去哪儿了?"我问。

尽管马修已经坐在自己的座位上,保姆却不在场。我已经注意到了。

"她当然是在厨房里啦,"威廉米娜回答说,"仆人在那里用餐。吃完后她会上楼到儿童房里去,在那里等你。"

啊,幸亏有妈妈在!否则,我也很有可能被关在厨房里。

上午8点

我都快饿死了。这很正常,因为自从昨天傍晚在肯辛顿宫的茶室里吃了青瓜三明治之后,我就再没有吃过任何东西。一个女佣给我们端来早餐。她系着围裙，头上戴着一个小白帽，就像电影中的那样！我永远都不会忘记。碟子里的东西也很让人吃惊。首先是因为量很大：一个煎蛋、几片烤面包、香肠、培根、肉煮蚕豆、生菜、一片西红柿还有一种……奇特的东西。嗯……黑色的，我搞不清楚是什么。我闻了闻，心想也许能闻出味道来，但还是一无所知，于是我便咬了一口。软绵绵的，入口即化。不难吃，但也不是特别好吃。威廉米娜见我一副困惑的样子，问：

"有什么不对劲的吗，朱丽叶？"

"没有。我只是在想这是什么东西，有点像培根，又有点像香肠。"

"哦，那是猪血香肠，"妈妈立即回答说，"如果你不喜欢，你可以不吃。"

"是用什么做的？"我想知道。

"是用猪血和猪油做的，"威廉米娜告诉我说，"很好吃，不是吗？我们英国人很喜欢吃，尤其是在早餐时。"

我不得不强忍住恶心，否则会吐到碟子里。早餐吃猪血！真的吗？母亲看了我一眼，我明白了，这样可能不"礼貌"，我得忍住。我艰难地把它咽了下去。这些英国人真是疯了！

上午10点

妈妈在我额头上吻了一下就出门了。我和孩子们回到了楼上……今天早上，雨下得很大，所以没法去公园。天气又热又湿，令人窒息，我跟雅美和马修在厨房的桌上画了一个小时的画，但他们后来走开了，去找更好玩的东西了。我想看一会儿书，但在游戏室，两个小家伙在玩牛仔和印第安人的游戏，大喊大叫，你追我逐，把房间搞得乱糟糟的。鸽子也被他们发出的嘈杂声吓坏了，拍拍翅膀，从鸽笼里飞走了。

"咕咕咕！咕咕咕！"它们低叫着。

"呜呜呜！呜呜呜！"雅美和马修双手捂着嘴大叫着。

不知道的人还以为是在一个有近百人的幼儿园里。

"请安静，孩子们！"玛丽·波平斯命令道。

7月9日星期一

她从婴儿房里走出来,披着雨衣,一手抱着一个婴儿。"这里太热了,让人头都晕了。"

她打开厨房和游戏室的百叶窗,让外面的风吹进来。很神奇,一听到她的声音,两个大孩子立马就不出声了。(我多么希望自己也有这样的威信啊!)玛丽把两个婴儿分别放在婴儿躺椅上,然后转身对我说:

"我要出去买纸尿裤,双胞胎很快就要没纸尿裤用了。麻烦你照看一下孩子们,等我回来。"

我顿时脸色苍白,不敢相信自己的耳朵:

"您……您是说您要让我一个人跟孩子们待在一起?"我结结巴巴地说,"您去买……纸尿裤,是吗?"

"有问题吗?"保姆咬着嘴唇,反问道。

"嗯,有,哦没有,没有,我能照看好大家。"我打肿脸充胖子。

"那就待会儿见!"她拿起雨伞,很快就离开了套间,连头都没有回。

悲惨!我环视着游戏室。双胞胎在躺椅上动来动去,小腿乱蹬,牙牙学语。至于两个大的,一分钟前还是雕塑,现在,他们会意地看了我一眼之后,又活蹦乱跳了,像是发生了奇迹。

上午10点15分

"进攻外来者!"马修对着我的方向,挥着小战斧,大声喊着。

"什么?"我不解地问。

"说得对!向法国鬼子发起进攻!"小女孩十分赞成,手拿套马索,向我扑来。

"等等等等!"我喊起来,"你们要干什么?"

眨眼间,孩子们强迫我坐在椅子上,用绳子把我捆了起来。我双手放在背后,双脚被严严实实地捆在一起,就像准备放在烤架上的一块菲力牛排。他们唱着战歌,一边跳,一边围着我转。我肚子都笑痛了,但一两分钟后,我感到担忧起来,先是一点点,然后很担心。难道他们就这样捆着我直到保姆回来?这可不行!况且双胞胎这时已经开始显得不耐烦了。

"好了,孩子们,把我解开。这不好玩,我得照看你们的弟弟妹妹。"

7月9日星期一

好像是我发出了一个信号,两个婴儿一起哭了起来。前半分钟哭得很轻,后来哭得越来越大声。

"呜呜呜!呜呜呜!"周围本来就够吵闹了的,他们是火上浇油。

我这是陷入了什么困境?我得做些什么,威廉米娜随时有可能会过来,那我就丢脸丢大了,暴露出自己在看护方面毫无才能。把我辞退了才好(尽管我并没有薪水),但这对我来说将是奇耻大辱!再说,我跟我妈怎么交代?跟吉诺和吉娜怎么说?我得挽回自己的面子。我绞尽脑汁,试图想出一个好办法,能让我迅速摆脱困难,但没有成功。就在这时,我看见了关着鸽子的鸽笼。哈,我找到办法了!

"孩子们,你们想不想看我最精彩的魔术节目?"

吵闹声马上停止了。

"魔术?"马修问。

"你最精彩的节目?"雅美也问。

"然后你也许可以教我们怎么变?"马修显得很感兴趣。

"当然可以。赶快把我解开,我来教你们。"我向他们保证。

上午10点45分

不到一分钟，我就解放了。我给双胞胎一人一个安抚奶嘴，让他们安静下来，然后在衣柜里翻寻，找出一件长袖上衣，又拿了昨天在9¾站台的商店买的新魔法棒。

我在"油管"上寻找资料的时候，发现有个精彩的节目是用两只鸽子来表演的。那两只鸽子在各方面都与儿童房金色鸽笼中的鸽子相似。随后魔术师又解释了自己的诀窍，说他之所以用鸽子而不是别的鸟，是因为鸽子通常都非常平静，哪怕你把它们藏在衣袖里它们也不会叫。我以前没有机会练习，因为我家里没有鸽子。但自从我看到儿童房有鸽子后，我就在不断地琢磨。我能做到，我对自己说。至少我想试试……两个婴儿在使劲吸奶嘴，心满意足，我有绝佳的机会让两个大孩子大吃一惊了。这个千载难逢的机会可不能错过。

"雅美，你能给我找两条彩色围巾吗？"我问。

"我抽屉里就有。"小女孩说着，马上跑去找了。

"用来干什么?"马修问。

"你待会儿就知道了。"我神秘兮兮地说。

"要关窗吗?"马修希望自己能发挥点作用。

"我觉得没必要,乖孩子,"我说,"有点风没坏处。"

应该说,我感到更热了,因为我很紧张。魔术师在表演新节目之前总是会怯场,至少会有点。当然,在给公众表演之前能练一练也许更好,但这个魔术似乎很简单,只需抓住鸽子,把它们塞进我的衣袖里,挥动魔法棒,随便念几句魔咒,然后慢慢地把鸽子一只只从衣袖里拿出来,让人以为鸽子是从围巾里出来的。

小儿科!我决定在厨房里表演。我将站在桌子后面,孩子们坐在稍远一点的地方,面对着我。婴儿的折叠式帆布躺椅将放在两个大孩子的座位之间。

"马修,你力气够吗?能不能把这两张椅子搬到桌子对面的房间角落去?"

"当然够。"马修挺起身子,向我展示他手臂上的肌肉。

"我来帮你。"雅美也不愿袖手旁观。

"谢谢你们。我现在去把双胞胎抱过来。"

"你想借我的高筒帽吗?我在游戏室的化装盒里有一个。"马修又建议道。

"太好了。"我大声叫起来。

弄齐我需要的道具后,我就准备就位了。双胞胎安安静静地躺在各自的躺椅上,笑着张望。

"现在,孩子们,请回到你们各自的房间里,等我叫你们。我得准备了。好吗?"

"好!"我的两个小观众异口同声地说。

"可不要让我们等太久哦。"雅美又说。

"不会的不会的,两分钟后我就叫你们。"

我拉上厨房的窗帘,关掉顶灯,点燃两支蜡烛,放在桌上。我对这一布置感到很满意,便回到游戏室去拿魔法棒,然后戴上高筒帽,穿上外套。现在,只需打开鸽笼了!我不敢主动承认,但用双手抓住鸽子还是让我挺怕的。它们在鸽笼里很漂亮,也很安静,但我在想,它们是否真的像人们认为的那么听话。不管怎么样,我得尝试一下。我对自己说。

我小心地打开笼子,抓住鸽子并不难,但它们被我吓着了,到处飞。"到这儿来,宝贝,别怕。你也是,小美女。"我求它们。接着,必须把它们一一塞进我的左袖。鸽子贴着我的皮肤,羽毛弄得我的前臂痒痒的,这种感觉好奇特,但反悔已经来不及了。我用一根橡皮筋扎住袖口,不让它们跑出来,然后回到厨房,坐在桌后,把孩子们叫了出来。

"马修,雅美!你们可以过来了!"

房间里阴暗的气氛让他们感到吃惊,他们乖乖地坐在双胞胎的两边,双胞胎已经激动得手舞足蹈。鸽子在我毛衣的袖子里动来动去,让我感到越来越难受。它们会不会在我的袖子里面拉屎?(阿嚏!)我急着把节目演完。当我确定大家的注意力都集中到我身上时,我便用双语说道:

"Ladies and gentlemen, welcome! 女士们先生们,欢迎大家观看这个魔术表演。"

两个孩子鼓起掌来,甚至连那对双胞胎也想模仿他们。这让我倍受鼓舞。

"我给你们表演一个前所未有的节目。在这里,在苹果树巷从来没有见过的节目。女士们先生们,我将给你们变出两只鸽子来。是两只而不是一只!"

"哇！太厉害了！"孩子们大喊起来。

我欣喜若狂，享受着艺术家第一次受到观众热烈欢迎时感到的那种自豪。

"你们看见这条围巾了吗？"我挥动着魔法棒，说，"我念个咒语，第一只鸽子就会出现。哒哒哒，哒哒哒，睁大你们的眼睛，鸽子要出现啦！"

我悄悄地解开绑着衣袖的橡皮筋，但两只鸽子都飞了出来。与此同时，从打开的窗刮来一阵风，吹熄了蜡烛，"哐啷"一声猛地把门关上，声音响得让大家都惊跳起来。

上午11点

一阵狂风吹进房间，我们好像是在室外而非在屋里。桌上的纸和笔被风吹得乱跑，大家很快就惊慌起来。我放出来的鸽子们也在头顶打转，"咕咕咕"地大叫，翅膀掠过我们的头发，感觉真的不太好。而且，我现在好像看见三只鸽子而不是两只。是我在做梦还是变多了一只？第三只是黑的，就像风暴来临时的乌云。空中电闪雷鸣。黑暗中，雅美和马修大叫起来,我得使劲忍住,否则也会跟他们一样大喊起来。

那对双胞胎也火上浇油,哭声震耳欲聋。我怀疑是否有只鸽子啄了他们……我的魔术变成了灾难,把我给吓死了。怎么会这样?难道是我在念咒语的同时唤醒了什么邪恶的力量?我刚才是如此自豪能给孩子们展示我的本领!

"出什么事了?"

玛丽·波平斯闯进房间,打开电灯,赶走了砸了我的场子、让鸽子受到惊吓的小嘴乌鸦,关上窗户,然后转身对我们说:

"雨越下越大了。谁脑子进了水,窗开着,却把鸽子放了出来?"

"……"

"朱丽叶,你想说什么?"

"我,嗯,全都是我的错,波平斯小姐。我考虑不周。"

"我才出去了这么一小会儿,你就把一切都搞得乱七八糟?"

已经火气冲天的玛丽·波平斯,很快又找到指责我的另一个理由。她闻到了什么味道。

"哎,这是什么味道?"

"臭死了!"马修滑稽地捏住鼻子。

"是双胞胎的味道。"雅美指着两个婴儿。

"他们显然需要换纸尿裤了,难怪哭得震天响。你为什么不动一动?你不会换吗?"玛丽·波平斯指责我说,她越来越生气。

我不知所措,只知道羞愧地低下头。我是个不合格的看护员,照顾孩子不合格,当魔术师也不合格。我恨不得在地上挖个洞钻进去。救命啊!

中午12点

暴风雨过去了,妈妈来找我去伦敦的街上逛逛。我真有福气!谢天谢地,跟妈妈在一起的时候,我绝不会觉得自己没用,也许是因为她就爱我这个样子,无条件地爱。

"哎,小宝贝,上午过得怎么样?"

"别说了,一场大灾难。"

"讲讲是怎么回事。"

我摇摇头,不想把自己蒙受的耻辱告诉别人。

"以后再说吧。你呢,你遇到吕克·朗之万了?怎么样?"

她心荡神驰:

"他真的是无可挑剔,而且非常慷慨。我们谈了一个多小时,我想问什么都行。我明天还要见他,去看他两场演出中的第一场,然后我们就可以回家了。"

"你太幸运了。我上午跟孩子们一起被关在家里,哪有你那么潇洒。"

"你需要出去散散心。我今天带你去伦敦塔(The Tower of London),怎么样?"

"那是什么?"

"一座堡垒,一个城堡,或者说是一所监狱。"

"监狱?太好了……"

没有什么比带我去参观监狱更让我来劲了。

中午12点15分

下了一上午的雨后,太阳终于决定露一下脸了。太好了!在贝克街,妈妈首先带我去地铁站旁边的福尔摩斯炸鱼薯条店（Holmes Fish & Chips）品尝英国最著名的特色快餐——炸鱼薯条。你应该猜得到。

"我知道它跟咱们国家的薯条汉堡差不多，但我早就梦想着尝一尝。"她告诉我说。

这是一家不大的快餐店，只有几张桌子。店内的装饰是黑白色的。一闻味道，就知道很好吃。再说，炸鱼薯条，我还是挺喜欢的。当然不像意大利面那么喜欢，但为了均衡饮食，应该什么都吃一点。

"你看，到处都是夏洛克·福尔摩斯（Sherlock Holmes）的头像。"我对妈妈说。

"这是因为这里离他的博物馆不远。在阿瑟·柯南·道尔（Arthur Conan Doyle）[①]先生所写的系列小说中，夏洛克·福尔摩斯就住在贝克街221B，所以这家餐馆才会取这个名字。"

"夏洛克·福尔摩斯确有其人吗？"

"我想没有。"妈妈回答说，"但这地方很美，据说这里的炸鱼薯条是整个街区做得最好的。

---

① 阿瑟·柯南·道尔（1859—1930），英国小说家，侦探小说史上最重要的作家之一，代表作有《福尔摩斯探案集》，包括《血字的研究》《四签名》《巴斯克维尔的猎犬》等。

我们尝尝。"

我相信她说的话,况且女侍应很快就给我们端来了碟子,上面放着很大块的外裹面包屑的炸鱼,令人垂涎欲滴。我从来没见过这么大块的炸鱼。

"看起来很好吃。"妈妈说,"Thank you so much!(非常感谢!)朱丽叶,你觉得怎么样?"

"好吃,我喜欢——外裹面包屑的——炸鱼。"我满嘴都是食物。

"哎,细嚼慢咽。"

"好,妈妈。"

我再说一遍:到了伦敦,一定得尝尝炸鱼薯条。

下午1点

肚子饱饱的,我们跳上了地铁,乘黄线(环线)到塔山(Tower Hill)站下车。

"伦敦塔离泰晤士河(River Thames)很近,这条河穿城而过。我肯定你会喜欢的。"妈妈已经激动起来。

我有点怀疑,但我选择相信她。

出了地铁站,我们在街上像没头的苍蝇,乱走了一阵,但妈妈最后还是找到了我们要去的地方。

"到了。"她一边说一边挥着一只手,就像在队伍前头领队的导游那样。

我们面前,一个城堡似的建筑矗立在河边。河的一边是一条散步道,另一边就是金融城。嗯……中世纪的这个巨大建筑挨着现代的摩天大楼,给人以非常奇特的感觉,我却觉得很有意思。母亲手里拿着导游手册,给我介绍说:

"1066年,也就是在中世纪的时候,'征服者'威廉(William the Conqueror)国王下令建造伦敦塔,以保卫伦敦城的大门。1097年,围墙中心建起了一个叫作'白塔'的城堡,后来成了王室的官邸。但这座建筑之所以出名,主要还是因为它关押过一些名人。我们今天把这个建筑群叫作'伦敦塔',里面有英国王室的许多珠宝。"

"珠宝?真的吗?我们能去看看吗?"

"当然。我们就是来看王室的珠宝的。走!"

妈妈手里拿着特别通行证,越过了拥挤在拜弗德塔(Byward Tower)售票窗前买票的人群。到了里面，迎接我们的是王室卫队的人——伦敦塔卫兵（Beefeaters）。妈妈说，这支卫队成立于1485年，不但在这里工作，而且还住在里面。她还说，要加入这支显赫的部队，起码要在军队里服役22年，并要因优秀和忠诚的表现获得过勋章，还至少要晋升到一级上士军衔。不过，他们今天的任务，主要是给游客提供导游服务。卫兵们穿着非常古老的带红边的黑色制服，胸前有一个大大的红色绣花，下面有一串缩写：EIIR，意思是"Élisabeth II Regina"，也就是我们所熟知的伊丽莎白二世女王。他们还戴着滑稽的圆帽。

我们的导游叫布朗，会讲法语，但讲得不是太正宗，但毕竟……进门之前，妈妈告诉我说，英语当中有一万多个法语单词，著名的"征服者"威廉就会讲法语。这意味着，从11世纪中叶到14世纪末，法语在一段时间里曾经是英国宫廷里的语言。很了不起，不是吗？

布朗开始带我们参观，给我们解释"Beefeaters"这个名字的来源。原来，最初的时候，作为王室卫兵，他们拥有在王室的餐桌上想吃多少牛肉就可以吃多少牛肉的特权。哈哈哈，真好笑！

接着，他带我们去珍宝馆（Jewell House）看王室的珠宝，那里收藏并展出了大不列颠王国的奇珍异宝。没有让我失望！想象一下吧，在那里可以看到英国各代国王的所有王冠，还有戒指和镶嵌着宝石的剑，我就不一一列举了，甚至还有一个巨大的金杯，一米多高，可以装差不多144瓶液体。两颗巨大的钻石世上罕见。这些宝石太出名了，每一颗都有自己的名字。比如Koh-i-Noor（这是一个印度名字，意思是"光山"）[1]和库里南一号（Cullinan I）[2]。这些珠宝闪闪发亮，光芒在天花板上构成了一个几何形状的万花筒。真的，里面的瑰宝会让你眼睛都看直的。

"哎，妈妈，这些钻石贵吗？"

"每一颗都值好几百万英镑。"

---

[1] 这颗钻石是在印度发现的。

[2] 1905年发现于南非普列米尔矿山，重3106克拉，被加工成9颗大钻石和96颗小钻石，其中最大的一颗名叫"非洲之星I号"。

下午2点30分

布朗然后又带我们去参观血腥塔（Bloody Tower）。在路上，他告诉我们，对人民而言，整个城堡就是恐怖的象征。首先，英国君王们的府邸很快就成了折磨人民的地方，成了一个可怕的监狱。

"为什么呢？"我问。

"许多处决很不幸都是在这里执行的。"他阴沉地说。

"比如说……"母亲追问道，好奇和恐惧让她眼珠都突出来了。

"亨利八世国王在这里囚禁并且斩首了他6个太太中的两个。"他脱口而出，目光向我们这边扫来，十分吓人。

与此同时，不管你信不信，一只巨大的小嘴乌鸦在我们四周走来走去。我不禁恐惧得大叫起来。

"啊！"

（如果说它就是今天上午飞到房间里来的那一只，我一点都不会感到惊讶！我敢肯定，那是一只灾鸟!难道它一直跟我跟到这里?总之,它好像大了一倍。)

"别怕,小姑娘,"卫兵微笑着说,"这是永久住在伦敦塔围墙内的6只乌鸦之一。"

"您是说这只乌鸦住在这里?"我小声地问。

"其实有7只,我们非常珍惜他们。传说,如果6只乌鸦同一天飞走,离开了伦敦塔,这一只就会死去,英国的整个君主制度也会随之崩溃,所以您明白我们为什么如此谨慎。"

"但既然传说中说的是6只,你们为什么要多留一只?"妈妈问。

那个卫兵又笑了。

"安全起见。"说着,他阴森可怕地眨了一下眼。

"千万别弄丢了。"我低声嘀咕了一句。

"您说什么,小姐?"

"啊,没说什么。我在自言自语。"

到了目的地,布朗让我们进入一栋黑乎乎的大楼,一栋像塔一样的建筑……方形的。

"英国历史上的另一个插曲让这座塔臭名昭著,"他说,"1483年,爱德华和理查两个小王子在这里失踪后,人们便把这座塔叫作'血腥塔'。爱德华四世的这两个儿子分别为12岁和10岁,当年早些时候,爱德华四世得了重病。他去世的时候,两个王子太小了,无法执政。他们的叔叔,也就是未来的理查三世,他也是他们的监护人,便把他们带到了这座塔中,表面上是为了保护他们,但几个月后,那两个王子就神秘地失踪了。于是那个不择手段的阴谋家理查便代替他们当了国王。很久以后,1674年,人们在这座塔的附近挖出了两具孩子的尸骨……"

我吓得浑身发抖。

"你们也想参观一下博尚塔(Beauchamp Tower)吗?"布朗问。

"为什么不呢?"妈妈回答说。

下午3点

博尚塔跟前面那个塔一样令人害怕,里面关押的是高级囚犯,有时全家人包括他们的仆人都被关在里面。

"那是什么?"我看到有间牢房的墙上有些奇怪的涂鸦。

"那是许多关在塔里的囚犯写的绝望的祈祷、哀求和信息。"布朗回答说。

我吓得脸色发白。

"可怜的小宝贝,你怎么了?"妈妈见我差点把炸鱼薯条都吐到湿漉漉的石头地面上,大叫起来。

"妈妈,我们还是去看别的东西吧!"我用手遮住嘴,建议道。

"好吧,我带你到外面去。"

下午3点30分

我刚才说过,离著名的伦敦塔不远的地方,沿着泰晤士河,有条漂亮的散步道。我终于可以大口呼吸,远离伦敦的监狱、乌鸦以及班克斯家儿童游戏室里的鸽子笼和一切令人压抑的东西了。一座漂亮的大桥很快就出现在我的左边,桥墩是两座塔——英国人太喜欢塔了!这可以让我用另一种目光来看世界了。

"这是塔桥(Tower Bridge),"妈妈告诉我说,

"建于1894年,行人可以通过这座桥走到把伦敦一分为二的泰晤士河对面。这是一座升启桥,也就是说中间部分可以升起来让河里的船通过。"

"哇,这是我见过的最漂亮的桥。可以上去吗?"

妈妈笑了笑,关心地摸了摸我的额头。

"当然。小乖乖,好点了吗?"

"好多了。"

"这里有条人行通道。不过,塔楼里还有个博物馆,你想看吗?"

"不太想。我只想去桥的另一端。桥应该不会倒吧?"

"怎么会倒?"妈妈感到很惊讶。

"不是有首歌吗?歌中唱道……"

她笑了:"是那首歌吗?"

她唱了起来:

London Bridge is falling down,(伦敦大桥要倒了,)

Falling down, falling down,(要倒了,要倒了,)

London Bridge is falling down,(伦敦大桥要倒了,)

My fair lady.(我美丽的淑女。)

(你知道这首小曲吗?)

"哇,这是我见过的最漂亮的桥。可以上去吗?"

"歌中说的不是这座桥，小乖乖，而是另一座。伦敦桥在那边呢！"

她指着伦敦塔右边的一个现代混凝土建筑。

"伦敦桥自中世纪起就引起人们的很多议论。它被重建了好多次，是泰晤士河上的第一座桥。"

"那应该是一首很古老的小曲了。"

"是的，最初的版本写于17世纪，但好像应该比这早得多。那个时候，人们就已经在抱怨公共基础设施缺乏维护了。"

"哦。"

下午4点30分

从塔桥的人行通道上看下去，泰晤士河和伦敦塔景色优美。太神奇了！我很高兴，但想到晚上要回到班克斯家，跟玛丽·波平斯和那些孩子在一起，我就一点都笑不出来了。

"哎，妈妈？"

"什么事，朱丽叶？"

"我今晚能跟你在一起吗？"

"我要跟威廉米娜吃晚餐。"

"那就明天晚上?"

"明天晚上我要见吕克·朗之万。"

"那就更应该了,因为那是我的偶像。我能跟你一起去吗?"

"绝对不行,小乖乖,我要工作。这是很严肃的事。你以为呢?"

唉!有的时候,我觉得生活就像是一座监狱,而母亲还不断地雪上加霜!

看到我这副样子,她改变了态度:

"你不至于生气吧?"

"……"

"我预先告诉过你,要给你一个惊喜。在回去之前,我带你去看杜莎夫人蜡像馆(Madame Tussauds)。"

"啊,真的吗?"

我脸上露出了笑容,嘴也不噘了,原先我还打算回去时跟老妈生一路气呢!

"我以前没跟你说过吗?"她接着说,"那个蜡像馆就在我们住处附近。你想去看看吗?我一直想跟披头士照张相。"

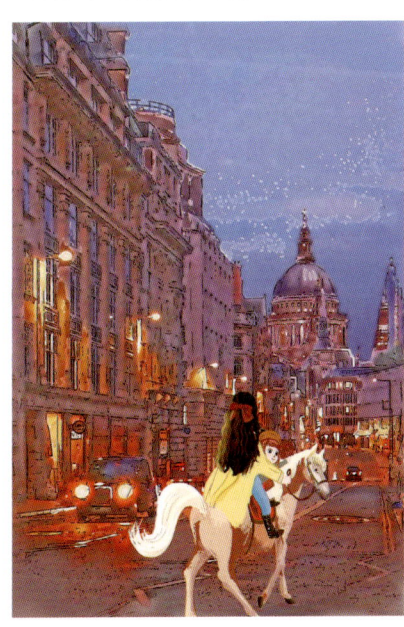

"可他们早就去世了,我不觉得有什么意思。"

"是吗?好像也有金·卡戴珊①和坎耶·维斯特②的蜡像。我想这也没什么意思。"

"你说的是真的吗?我太想跟他们合影了!"

"那就去吧,追星族!"

"应该说,是两个追星族!"

晚上7点

跟伊丽莎白二世、威廉王子、哈里王子、阿黛尔、大卫·贝克汉姆及其家人、《星球大战》系列中的所有人物、单向组合成员以及金和坎耶的蜡像度过了一个小时之后,任何抗议和哀求都无法动摇母亲的意志,她晚上非要带我回班克斯家不可。潮湿的浓雾弥漫全城,我们步行回到苹果树巷17号时,我身上已经湿透了,情绪极为低落。

---

① 金·卡戴珊(1980—),美国演员,参演过电影《灾难大电影》《婚姻顾问》等。
② 坎耶·维斯特(1977—),美国说唱歌手、音乐制作人、商人、服装设计师。

"告诉我，你为什么这副悲惨的样子？你知道我晚上还要出去。"

"我想玛丽·波平斯不喜欢我。"我承认道。

"怎么会，她不喜欢你？这太可笑了！雇她来不是为了喜欢你的，而是让她照看班克斯家的孩子们的。"

"那我为什么一定要帮助她？"

老妈绝望地仰头看着天空。

"别当自己还是个孩子了，朱丽叶——特！你已经13岁了，很快就要14岁了，不是三四岁的小孩。你能够帮忙了。"

"正因为如此！"

"什么'正因为如此'？"

"如果我不再是个孩子，我为什么晚上不能陪你去？玛丽·波平斯根本就不需要我。我觉得自己是个多余的人。事实就是这样。"

妈妈的脸色变得温和起来，她捧起我的下巴，回答说：

"我不能承诺你什么，但我会看看明天晚上我能做些什么，好吗？在这之前，你能帮一下玛丽·波平斯吗？我们星期四回国。我想，没有什么不能克服的。"

"好吧!"我叹了一口气。

难道我有别的选择吗?

晚上7点30分

在儿童房,我和孩子们吃着燕麦片、烤面包片和切达奶酪①。算不上大餐,但合我口味。甜点是水果、果冻、牛奶和饼干。

班克斯先生上班一直没有回来,而威廉米娜和妈妈已经出门。晚餐后,我帮助玛丽给孩子们洗脸,打扫厨房,收拾碗碟。我难得心情这么好,这么听话。后来,洗澡的时间到了。玛丽给婴儿们洗澡时,我跟两个大的玩。当她从浴室里走出来去铺床时,我明白我也该帮助雅美和马修洗澡了。

"我先洗。"马修说。

"不,我先洗,因为我是姐姐。"雅美生气了。

"那还不如说你最后洗,因为你是姐姐。"弟

---

① 原制奶酪,或称天然奶酪,由原奶经过一系列复杂的加工工艺制成。

弟狡猾地说。

"不,走开,让我进去。"雅美推开假装要往浴室里闯的马修,大声嚷嚷。

"喂,你弄疼我了!"他大喊起来,"玛丽,雅美弄疼我了!"

"朱丽叶,你能不让他们吵架吗?"玛丽从双胞胎的房间里探出半个头,不客气地说,"我要哄小的睡觉。"

"好吧,波平斯小姐,我试试。"

得,噩梦又开始了。

"让我进去,孩子们,我要给你们放洗澡水。"我说。

"是我第一个进去吧?"马修又开始了。

"先让我给浴缸放满水再说。"

我走进浴室去准备该准备的东西。

"昨天你第一个洗,所以今天晚上轮到我先洗。"雅美在我背后坚持不懈地说。

"好啦好啦,孩子们,谁第一都不重要。别再争吵了。"我转过身来求他们。

"当然重要,"雅美顶嘴道,"我是老大,我有

7月9日 星期一

优先权。爸爸妈妈就知道由着马修的性子来,借口说他比我小一岁。这不公平!"她咄咄逼人地靠近弟弟。

等她够得着他的时候,她一把抓住马修的前臂。马修哭了起来,与其说他是痛哭的,不如说他是被气哭的,但不管是哪个原因,他哭声的分贝是一样的。

"究竟是怎么回事啊?"玛丽的声音又响了起来。

我假装没有听见,走到雅美跟前:

"雅美,如果你继续这样,你要为自己的行为付出代价。赶快向弟弟道歉!"

"不!"她回答得很坚决。

我突然脸涨得通红,但我得克制住自己,不能也跟着哭了。深呼吸,珠儿,深呼吸!

"雅美,我告诉过你们,今晚我会给你们表演魔术。如果你不立即向你弟弟道歉,我就不让你看。"我威胁说。

她哼了一声。"不管怎么样,你不是真正的魔术师。今天上午你演砸了,什么都没变出来。你真的以为我和我弟弟有那么笨,不知道你把鸽子藏在衣袖里吗?"

啊!我的自尊心受到了沉重的打击。我也差

点要哭了。这孩子刚刚向我证实了我已经想到的事情：我是废物，超级废物，无论是在魔术方面还是在看护方面都如此。我是废物之王。我不知道我为什么不钻进那沓餐巾底下去。

最糟糕的是，我这时还听到了我的朋友吉娜的抗议声。她不喜欢我自我贬低。她讨厌这样。"我不许你说我最好的朋友的坏话，否则我跟你没完！"当她当场抓住我，发现我对自己不够宽容的时候，她会这样对我说。

吉娜这个杰出的看护员，如果她处于我这种情况，她会怎么做？在她看来，和孩子相处融洽的最好办法，是采取积极的态度，尽量多跟他们在一起。

但问题没那么简单。我深深地吸了一口气，想重新碰碰运气。

"听着，雅美，如果你向弟弟道歉，你们俩洗完澡之后，我们可以玩游戏，你想玩什么就玩什么。"

"真的吗？"小女孩对我的这种变化感到很吃惊。

"当然是真的。"

"那我们可以玩我的蛇梯棋①吗?"

"那是什么玩意儿?"我问。

"一种关于蛇和梯子的游戏。"玛丽·波平斯刚刚从婴儿房走出来。

"啊,我在你这个年龄的时候,很喜欢这类游戏。"我说,"我也很想玩。好主意,雅美!"

晚上9点

双胞胎都睡了,玛丽·波平斯让我到老妈的房间里去看电视,直到她回来。吉诺和吉娜不在FaceTime②上,我漫不经心地看着电视新闻,看得不是太懂。雅美和马修洗澡还算顺利,洗完后我们4个人一起玩蛇梯棋,那其实是丛林动物游戏的翻版。猜猜看怎么了!让我大吃一惊的是,我玩得跟孩子们一样开心。玛丽·波平斯心情好的时候还是很不错的。她解说游戏的种种情况,模仿着动物的各种动作:一只狡猾的小猴子,一头笨拙的大象,一只脖子笨重

---

① 一种儿童棋牌类游戏。
② 一款视频通话软件。

的长颈鹿,一头骄傲的狮子……让我们笑坏了。

然后,我们都到雅美的房间里读故事。玛丽把两个孩子分别放在自己的膝盖上,首先念了一个根据《丛林之书》改编的莫格利①的故事。她讲得多好啊!她给每个场景都找到了最合适的语气,甚至创造了不同的声音,把黑豹巴布拉、小莫格利和黑熊巴洛都人格化了。接着,轮到我了。我决定讲述我小时候最喜欢的故事,《小熊维尼》的故事,但孩子们很快就睁不开眼睛了。我也许缺乏必要的才能……后来,玛丽把马修抱回了他自己的房间。

这个夜晚让我想了很多。玛丽·波平斯确实很威严,但也不乏幽默感,她真心喜欢班克斯家的4个孩子。妈妈说过,守纪律和幽默感是英国社会的两大特点。

晚上10点

"喂,朱丽叶,"一个声音在我耳边悄悄地说,"醒醒。"

---

① 英国作家吉卜林的小说《丛林之书》中的小男孩,从小在森林中被狼群养大。

7月9日星期一

"嗯?什么事?"我眨了一下眼皮。

"你睡着了。去床上睡。"

(原来是妈妈。她叫醒我,要我去房间里睡。)

我迷迷糊糊地跟着她,但我一躺在床上,她就想跟我聊天。

"哎,小宝贝,今晚跟孩子们一起过得怎么样?"

"嗯,还可以。"

"还可以是什么意思?"

"我觉得我没有当看护员的才能。"

"你没有试着给他们表演一下魔术,让他们开心开心吗?宝贝,我很为你感到骄傲。"

"啊,妈妈,玛丽·波平斯做得比我好多了。我到这里以后总是失败,甚至包括我的魔术。而且,我连纸尿裤都不会换。我怎么就没有天生的特殊才能呢?"

"小宝贝,你想说什么?我不明白。"

"是这样,吉诺可以说是历史方面的天才,尤塞夫在数学上无人能比,吉娜的声音是那么好听,她也许能成为继席琳·迪翁之后世界上最优秀的歌唱家。我呢,我觉得自己毫无突出的才能。"

我失望地叹了一口气。

"啊，宝贝，你完全错了！你也有优点，有很多才能，其中有些你自己没有意识到罢了。不过，人是需要一点时间来发现自己的。而且，有的事情是必须练习的，否则就做不好。随着时间的推移，你会发现，热情会帮你克服许多障碍，把你变成某个领域中最优秀的人。给自己一点信心，你将看到，一切都会好的。"

我觉得很奇怪，因为我好像最近在哪里听到过这番话……在哪里呢？（你知道吗？）啊，对了，是昨天上午维维安娜女士在海德公园里说的！

"你还记得我跟你说过的你出生那天晚上的事吗？"妈妈接着问。

"记不清了。一个荒诞的故事？"

她惊跳起来，有点震惊。

"怎么会是一个荒诞的故事呢？绝对不是。我跟你说了我所看到的东西。好好想想。"

我耸耸肩。

"妈妈，我那时才4岁。"

她不顾我的反对，第N次给我讲那个故事。我相信那个故事完全是她编造出来的。

"那天晚上,你一出生,就跟我单独待在医院的产房里,因为你外婆得了严重的肺炎,在家卧床,出不了门。然而我却感到非常高兴,我没有睡,而是不知疲倦地凝视着你。怎么说呢?你是人们所能想象得到的最漂亮的小东西。"

她的眼睛充满了泪水。她每次讲这个故事时都会这样……她每次都会这样突然激动起来,我在想这怎么可能。这个故事,她已经给我讲了一百遍了,起码!

为了不扫她的兴,我假装附和她。

"我是几点钟出生的呀?"

"13日星期五晚上10点。在这之前,我经历了一件不寻常的事情。"

"真的吗?"

(你想知道这个故事的结局吗?好吧……我最好还是先提醒你,这是一个荒诞的故事。我可提醒你了。至少我是这样认为的……)

"我第一次给你洗了澡,喂了奶之后,你在我床边的摇篮里睡得像个天使,而我也兴奋得睡不着，心里感到无比幸福。就在这时，出现了几十道亮光。"

"亮光？你确定？"

尽管我说话的口气有嘲讽的意味，妈妈仍然接着说：

"是的。突然，几十道亮光不知从何而来，好像是自天而降，照着你的摇篮，引起了我的注意。"

"真的吗……"

"我眨了好几次眼，心想这也许是一种幻觉，但我向你保证，绝不是幻觉。"

"好了妈妈，你很清楚，那是幻觉。"

（我刚刚出生，昆虫就入侵了我的摇篮。阿嚏！这太让人恶心了！）

"让我讲完好不好？"

"好吧。"我叹了一口气。

"后来，我就看到了她们。"

"萤火虫？"

"不，是一些微型的小仙女。"

（从这里开始，她开始瞎说了……）

"有时，我觉得好像你是13岁，我是43岁……"

老妈若无其事地继续往下讲:

"我看见她们有好几十个,排着队,一个接一个用她们的细棒子照着你的摇篮。"

我耸耸肩,说:

"很明显,你睡着了,那是个梦。"

她讲的时候眼里闪着火热的光芒。

"那天晚上,朱丽叶,你收到了很多礼物。那些仙女给了你那么多优点和本领,让人数都数不过来。"

"那得走着瞧!"

她温柔地看着我,而我刚才却粗暴地对待了她,这让我感到有些难为情。

"随着一天天长大,你会慢慢地发现自己的每一项才能。最后,你会发现我说的是对的。事实上,你比你能想象的要聪明得多。"

"嗯……以后看吧……我现在想睡觉了。"

"好吧,宝贝。"

她在我额头上吻了一下,走出了我的房间,让房门半掩着。

7月10日星期二

午夜12点

我睡不着。老妈的故事也太奇特了!说心里话,我很想相信那是真的。

透过窗口,我看见了月亮。它圆圆的,倾泻着明亮的光芒,房间像白天一样亮。太神奇了!如果那些仙女真的存在,她们为什么不来看望我呢?突然,我看见玻璃窗上倒映着一个身影,转瞬即逝。我眨眨眼睛,好像是中国皮影……原来是玛丽·波平斯!她穿好了衣服想出去。我甚至看到了她雨伞的轮廓。我在想,她会去哪里呢?我又胡思乱想了一会儿,然后真的闭上了眼睛。

7月10日星期二

凌晨12点30分

一个孩子的哭声把我从睡梦中惊醒。我想应该是马修。也许他正在做噩梦?管他呢,那是玛丽·波平斯的事。说到底,她才是保姆。我在床上辗转反侧,试图重新睡着。

凌晨12点40分

马修一直在哭。那个保姆去干什么了?通常,她应该睡在婴儿房里,靠近双胞胎。她不应该听不见孩子的哭声。我低声抱怨着,决定去看看究竟是怎么回事。唉,在这栋房子里没办法安安静静地睡觉!

我轻轻地推开婴儿房的门,用眼睛去寻找保姆的床。借着月光,我看见床上没人,甚至好像被子都没铺开,而那对双胞胎则攥着拳头在睡觉。

我不知所措,重新把门关上,来到马修的房间,看到他坐在床上,满脸泪水,紧紧地把毛绒玩具熊抱在胸前。我拉了一下床头柜旁边的电灯线,在他身边坐下。

"乖孩子,你怎么了?"

"我嗓子痛。"他哭喊着说。

我的心软了,"可怜的孩子,"我把他搂在怀里,然后摸了一下他的额头,"你的额头很烫!得量量体温!你知道体温计在什么地方吗?"

"不知道。"

"也许在浴室的药箱里。"我想。

我让孩子重新躺下,然后匆匆跑到了浴室里。药箱里有个银白色的金属小盒子,上面有个红十字。我在里面翻了翻,找到了一把剪刀、一把镊子、几个别扣、不同大小的绷带、一卷无菌纱布、一包卫生棉签,但没有体温计。这时,马修哭得更厉害了。我保持冷静,放回盒子,重新检查药箱里的东西,最后终于在一瓶洗发水和一支牙膏之间找到了一支电子测温计。万岁!

回到房间,我尽量用温柔的声音对马修说:

"好了,乖孩子,我来了,来陪你。别怕,张开嘴,我给你量一下体温。"

"嗯。"

"乖孩子,很好,我把体温计放在你的舌头底下。你轻轻地合上嘴,不要咬牙,好吗?对,就这样。很好。现在我们等几分钟。"

孩子点点头,感激地望着我,表示他明白了。当我听见体温计发出"哔"的一声,我便轻轻把它从马修的嘴里抽出来,上面显示38摄氏度。

"好孩子,你有点发烧,但不太严重。我来照看你。"

凌晨12点50分

发烧是人体在与炎症做斗争。我最近得知,幼儿的大部分发烧都是常见病造成的,比如伤风、感冒、耳炎、支气管炎、扁桃体炎等。在大多数情况下,它在3天内会自行痊愈,但最好要先确定病情严不严重。我现在很想知道玛丽在哪里。

我又把马修抱在怀里,在月光下轻轻地在他耳边唱摇篮曲,希望他能睡着,不要吵醒其他孩子。我一边唱,一边在想该怎么做。我不是很想把马修一个人扔在这里,自己去找他妈妈。(说不定她在神秘的班克斯先生怀里睡得正香。)而且,房子那么大,我根本不知道她的房间在哪里。再说，仆人的房间应该也跟主人和客人的房间一样多。不过，如果他母亲能来，对小家伙肯定是个安慰。但如果班克斯夫妇得知玛丽不在，那会怎么样？她可能会丢饭碗！

但换个角度看，那是她的问题，而不是我的问题。我想应该给马修服几粒扑热息痛或类似的药，在送他去看医生之前让他退退烧。

但这种决定轮不到我来做。我才13岁，很快就要14岁了，但离18岁还远得很呢！我既没有到做这种的决定所需的年龄，也没有做这种的决定所需的权威。也许最好还是去叫醒我母亲。她会知道该怎么办的。她永远知道该怎么办。

我正这样想着，突然发现马修已经睡着了。我小心地替他掖好被子，走出他的房间，准备离开儿童房去叫醒老妈，就在这时，门轻轻地开了。

凌晨1点

"玛丽·波平斯！"我惊叫起来。

"朱丽叶！这个时间点你站在这里干什么？"

她的问题让我感到很意外。要么是我在做梦,要么是我看起来哪里做错了?可一分钟前必须出现在马修床头的应该是她。(你说呢?)

"马修发烧了,"我对她说,"他哭醒了,说喉咙痛。我给他量了体温,38摄氏度。我正准备去叫我妈,把情况告诉她。"

玛丽·波平斯立即脸色发白。

"可怜的小家伙可能是扁桃体发炎了,我马上就去看他。"她说。

玛丽去浴室转了一下,几乎完全重复了我的动作。她摸了摸马修的额头,给他量了体温(这次她把体温计塞到孩子的腋下),看了一下是37.5摄氏度。(如果测腋下,会比正常体温低0.5摄氏度。)

"好在他睡着了。"她说,"多亏了你。我明天上午带他去看医生,诊所就在附近。谢谢,朱丽叶,你做得很好。"

波平斯小姐表扬了我,让我几乎不敢相信。后来,她也突然哭了起来。真是多事之夜啊!

"可是,波平斯小姐……您怎么了?您为什么哭?"

"啊,朱丽叶,对于刚刚发生的事,我感到很抱歉。我应该待在这儿照顾马修和你们的！你一定觉得我很可怕，我感到非常羞愧。求你不要告诉任何人。我向你保证，这种事不会再发生了。"

我愣住了，不知道该怎么回答。真是左右为难啊！当然，她的行为应该受到批评。如果出了严重的事情，我都不知道会有什么后果。好在并没有发生真正的悲剧，马修看了医生之后，肯定一切都会恢复正常。我挠挠脑门，不知所措。（如果是你，你会怎么回答？）

"我能知道您去了哪里吗？"我问。

这个问题好像问得很合理……

"我……我有个会。一个很重要的会议。"保姆回答说。"我不能缺席，因为要选举。"

"选举会议？在大半夜？"

我睁大眼睛，表示怀疑。她是骗我还是怎么了？

"我知道，这很难让人相信。"

她低下头，说：

"我参加了一个组织。我们一个月开一次会，在月圆之夜。通常，我那天晚上会向班克斯夫人请假。但这个月，班克斯夫人不同意，因为她要外出，所以我要等她回来。可这个会议非常重要，我必须参加。我想，既然你在这儿，我可以离开家里一会儿。我非常抱歉。"

不，可是，要么是我在做梦，要么是她参加了一个……邪教组织？我理解，女主人不准她请假，她一定很沮丧，但她偷偷出去很可能会造成严重的后果。可我有什么资格来评判呢？

"我不认为我能对这种事保持沉默……"

"求你了，贝鲁贝小姐，"玛丽打断我的话，"请你相信我，我说过，这种事永远不会再发生！"

她忏悔的神色和哀求的语气让我心软了。我得好好想想……

"好吧。现在我们还是先睡吧！"

上午8点30分

"朱丽叶，起床了。"

"朱——丽——叶！起床了！"有人在我耳朵轻轻地说，还拿什么东西挠我的鼻孔。

"起床了，小姐。"

夜晚苦短，今天早上被叫醒的方式并不新鲜……

"我明白你还想在床上赖一下，但我得带马修去看医生。我不在的时候，想麻烦你替我照看一下双胞胎。"波平斯小姐显得比往常和气。

如果没有提到带马修看病，我会以为昨晚的事是我的梦。

"哦，好吧，我马上穿衣服。"我回答说，"我有时间下楼跟妈妈吃早餐吗？"

"很抱歉，来不及了。我给你准备了果酱面包片和一杯茶。全都在厨房里。"

"茶？"

"格雷伯爵茶，还有一块方糖和一点牛奶。你尝尝，很好喝的。双胞胎已经被抱到躺椅上，但还没有喝奶。快，马修在等我。中午之前我们得回来。"

还没等我回答什么，波平斯小姐已经转过身，拉着马修的手，关上了儿童房的门。

我又要独自照看孩子们了。

7月10日 星期二

上午9点

首先要知道的是,如果要看护婴儿,吃饭的时间就没法保证了。我说的不是孩子吃饭,而是照顾他们的人吃饭。你试试就知道了!你一坐下来,婴儿就哭闹起来,表示他饿了、渴了、累了、脏了或湿了,想要人抱,然后等着吃。如果是一对双胞胎,那就更可想而知了!

我起床,穿衣,到厨房里的时候,婴儿们就已经表示不满了。于是我抱起一个,给他奶瓶喝奶,雅美俯身在另一个婴儿的躺椅上,想逗他玩。先弄清楚是怎么回事吧!但两个婴儿都发出同样尖利的哭叫声,震荡着整个房间。

"呜呜呜!"

"呜呜呜!"

雅美试图用两个食指保护自己的耳膜。不幸的是,我无法这样做,因为我一手抱着婴儿,一手拿着奶瓶。在高级看护课上,老师告诉我们,大部分婴儿都喜欢我们抱他,但也有些婴儿不喜欢。面前的这个婴儿喜不喜欢被抱呢?我傻掉了……

"也许他不喜欢你抱他的方式。"雅美暗示道。

我明白她的意思。我把右手垫到婴儿的屁股下面,用臂肘托起他的头,左手则拿着奶瓶。谁知道还能怎么做?我甚至试着一边给他喂奶一边轻轻地摇晃着他。(你说什么?建议我舒舒服服地坐下来不要动?好主意!)

上午9点15分

好了,我坐下来了。我坐在玩具室的一张摇椅上……你说得对。真不可思议!婴儿马上就不哭了。问题是我的面包和果酱还在厨房里。

上午9点25分

奶喂了三分之一,就要给婴儿拍嗝了。你试过吗?我从来没有……

好,抱直婴儿,让他的下巴靠在我肩上,轻轻地拍着他的后背,直至听到……阿嚏!我忘了在肩上垫条毛巾了,婴儿吐的奶都吐在我最喜欢的T恤衫上了!

上午9点55分

奶喝完三分之二之后,我又重复了一次,全部喝完再来一次(这次我在肩上垫了一块餐布)。接着,该轮到他的小兄弟了。至少还要30分钟。我开始感到饿了,非常饿。波平斯小姐说她什么时候回来?

上午10点20分

任务终于完成了!两个婴儿都喝完了。轮到我吃面包片了!

哎,这里突然有什么味道?

这婴儿又干什么了?

"哦,我想是他拉大便了。"雅美很敏锐。

小弟弟也拉了。悲催啊!

上午10点22分

现在,由于在市场上能买到性能超强的纸尿裤,给婴儿换纸尿裤并不那么难了,起码表面上看来是这样……

首先，让婴儿仰面躺着。如果他配合，那就很容易。否则，最好使用安全皮带。

"小心肝，别动啊！别动来动去了，好吗？"

"哇——哇——"

"雅美，这张婴儿桌有安全皮带吗？"

"没有。用来干吗？"

"算了。"

接着，要把脏的纸尿裤拿出来（哦，好臭啊！妈呀，我无法同时捏着鼻子又按住婴儿，拿出弄脏的纸尿裤），放在他碰不到的地方。天哪，我都要呕吐了！

"雅——美！别碰！很脏的。"

然后，我要抓住婴儿的脚踝，抬起他双腿，用婴儿专用的布条擦洗被弄脏的皮肤。

"告诉我，雅美，家里有婴儿布条吗？"

"没有。做什么用的？"

"啊，在那儿，在小桌子上，我看见了。递给我一条好吗？谢谢，小宝贝。"

最后，要重新把婴儿的屁股抬起来，把干净的纸尿裤塞到下面去。

"这粘条怎么这么怪？雅美，你知道怎么绑纸尿裤吗？"

"不知道，你想干什么？"

"不是吧！"

这该死的粘条粘到了我的手指上。究竟该怎么绑呢？（你知道吗？）

上午10点50分

好了，我还是活下来了。两个婴儿喝了奶，打了嗝，换了纸尿裤。你说得没错，纸尿裤在他们的睡衣里滑稽地变成一个垫圈似的东西，但我想问题不大。现在，我该吃面包片了。

"哎，我的面包片呢？"

"我饿了，所以我把它们吃了。"雅美说，"留着做什么呢？"

上午11点20分

"你好，贝鲁贝小姐，一切都顺利吗？"玛丽带着马修进来了，问。

"很好，真的。"我回答说，"小马修怎么样？医生怎么说？"

"医生说是轻微的病毒感染。烧退了，马修已经恢复健康。双胞胎喝完奶了？"

"两个都喝完了。"

"拍嗝了？"

"拍了。"

"换纸尿裤了？"

"当然。"

"我看你这次也对付得不错。很棒！你该为自己感到骄傲。"

没想到，波平斯小姐对我露出了非常灿烂的笑容。我发誓，这种笑容是真诚的。我承认这让我心里暖洋洋的。

"你母亲在大厅里等你，"她补充说，"别忘了带雨衣和雨伞。贝鲁贝小姐，祝你午餐愉快，下午玩得尽兴。"

"您也是。再见马修！再见雅美！晚上见！"

"晚上见，朱丽叶。"孩子们异口同声地回答。

我心情愉快地去大厅里找老妈。

上午11点30分

"妈妈,我们今天干什么?"

"我想带你去白金汉宫(Buckingham Palace)转转,当然要看你愿不愿意。"

"不会又是一所监狱吧?"

她大笑起来:

"绝对不是。不过,这也要看住在里面的人是怎么想的。白金汉宫是英国女王的官邸。"

"哦!我们坐地铁去?"

"不。今天,我带你坐双层巴士去兜兜风。怎么样?"

"什么巴士?它有什么特别之处呢?"

"待会儿你就知道了。"

上午11点45分

在老妈看来,伦敦的双层巴士是世界上最著名的双层巴士,也许是因为它们是火红色的。而且,第二层往往都是敞篷的。太酷了!我和妈妈是在贝克街上车的，离苹果树巷不远。

"这是一种 Hop-on, Hop-off 的巴士，"妈妈说，"也就是说，它送我们去一个个旅游景点，我们可以随意上下车看我们感兴趣的东西。"

"你不会拖着我去看一整天布满灰尘的博物馆吧？"

"放心。你不会后悔的。"

我很想试试。

中午12点

毫无疑问，我喜欢伦敦的巴士。我没有听玛丽·波平斯的话，把雨伞留在了家里。事实证明我做对了。外面阳光明媚，温柔的风吹拂着我的头发。我和妈妈坐在巴士的第二层，欣赏着英国最大城市的屋顶和门面。

我们的第一站是皮卡迪利转盘（Piccadilly Circus）。

"这么说，这里有一个转盘？"我问。

"不完全如此。"妈妈回答说。

事实上，这是一个圆形的大广场，一个十字路口，一个集会点，四周有许多巨大的屏幕和商店，有点像纽约的时代广场,但在它的中心有个巨大的喷泉,上面高高地站着一个天使。

"这是什么天使,妈妈?"

"我想是爱情天使吧!大家通常把它叫作爱神雕像。"

"哦。"

我们在通往喷泉的石阶上坐了一会儿,好让妈妈查阅一下她的城市地图,我也可以趁机看看经过的行人。人群很杂,穿着各种颜色的衣服,甚至还有几个真正的伦敦朋克,红色的"公鸡头"在脑袋上挺得直直的。哇,我从来没有这样近距离地看过他们!也有许多手里拿着购物袋的游客和闲逛者。

"我们可以去购物。"我暗示道。

"不行,咱俩的鞋子已经够多了。"

"那我们现在干什么?我都快饿死了。"

"根据地图来看,我们离白金汉宫已经很近了,走右边的皮卡迪利大街就可以到。走吧,我们在路上买几个三明治。"

中午12点30分

伦敦的街头到处都有三明治店。幸亏,除了青瓜三明治还有其他三明治。妈妈要了一个火腿酸黄瓜三明治,还给我买了一份鸡肉番茄沙拉。我们决定边走边吃。我很喜欢一边吃东西一边东张西望。不过得小心,必须加倍警惕,因为要穿过不少马路。

走了一阵,不过还是在皮卡迪利大街上,我们便看到了伦敦丽兹酒店(The Ritz London)。妈妈显得非常兴奋,据她说,这是世界上最著名的酒店。我想她夸张了吧,也许并不是……我半信半疑,伸长脖子,想看看门童开门迎接的人当中有没有名流,但没有看到一个哪怕有一点像埃迪·雷德梅因①、丹尼尔·雷德克里夫②、艾玛·沃特森③的人。

---

① 埃迪·雷德梅因(1982—),英国演员,奥斯卡金像奖最佳男主角奖获得者,曾出演歌舞电影《悲惨世界》。
② 丹尼尔·雷德克里夫(1989—),英国演员,曾主演电影《哈利·波特》系列。
③ 艾玛·沃特森(1990—),英国演员、模特,出生于巴黎,曾出演《哈利·波特》系列中的女主角。

"看,我想那个人就是丹尼尔·克雷格[①]!"老妈激动地叫起来。

"如果你说的是扮演詹姆斯·邦德的那个演员,我想你搞错了,因为这个人明显有小肚子。你的眼神不行了。"

"哦。"她显然有些失望。

下午1点

要去白金汉宫,首先要穿过格林公园(Green Park)。那里处处鲜花,花香扑鼻。啊!我喜欢这种香味。公园里有很多人,但比白金汉宫门口的人少。我们刚到白金汉宫门口,就看到游客们在那里争先恐后地往里走。

"糟糕!"老妈说,"参观起码要排两个小时的队。"

"你事先没有想到吗,妈?"

[①] 丹尼尔·克雷格(1968—),英国演员,曾出演电影《古墓丽影》和《毁灭之路》,2005年拍摄完史蒂文·斯皮尔伯格的《慕尼黑》后,成了"007"系列电影詹姆斯·邦德的第六任扮演者。

她无奈地摇摇头。

"不管怎么说,比起女王的宫殿,我对凯特和威廉的宫殿更感兴趣。"(我不敢说出来,但我显然更想去购物。)

我们正准备折返,看守大门的卫兵引起了我的注意。

"你看,妈!那些卫兵穿着红色的衣服,戴着黑色的皮帽,跟魁北克总督府门口的哨兵着装一模一样。这太奇怪了,不是吗?总之,戴这种帽子一定很热。是用合成的毛皮做的吗?"

"绝对不是。这里跟魁北克一样,帽子都是用百分之百的加拿大熊皮做的。"妈妈回答说。

"真的吗?你是说这些帽子是加拿大产的?"

"一点没错。"她肯定道,"至于卫兵,渥太华的总督府(Rideau Hall)门口的卫兵跟他们很像。"

"怎么会这样?"

"宝贝,这很简单。加拿大是君主立宪制国家,承认伊丽莎白二世女王是其国家元首,但只赋予她有限的权力。"

"是吗?你给我讲讲。这些乱七八糟的东西究竟是什么意思？据我所知，我们并不是英国人。"

"其实，在加拿大，总理是政府首脑，但总督是伊丽莎白二世女王，她也是我们的女王。这是一个传统，因为加拿大曾经是英国的殖民地。第22皇家军团的任务是保护魁北克的星形城堡，渥太华的其他许多仪仗队也选用了与伦敦相似的制服和做法。"

"啊！"

我惊讶得合不拢嘴。（这些你也不知道吧？）

"你是说我们曾经是英国公民？"

"当然，"老妈笑得很真诚，"在1763年到1867年间，但这是另一个故事了。不过，我们的许多传统甚至饮食习惯都直接来源于英国，比如切达奶酪、燕麦糊和果冻就是典型的英国食物。"

"不会吧？"我大叫起来。

"是的。"她回答说。

"我不相信。"

"可确实如此。"

"好吧！"

真是不可思议。

下午1点30分

我们没有去白金汉宫里面参观,而是去看了它的马厩①。说起马厩,就不能不提起马,但还有更精彩的东西呢!这里还有举办官方仪式时王室所使用的所有车辆,劳斯莱斯车队,这当然不用说,但也有礼仪马车,其中最亮眼的是金马车(Gold State Coach),一辆用金子做的四轮马车。太漂亮了!我真的太想当公主了!

"不幸的是,宝贝,王室公主的主要活动可不是坐马车散步,"老妈还是那么扫别人的兴,说,"她们还有其他许多事情要做。我向你保证,那些事情都很没意思。"

"比如说骑马?"(可骑马很有趣啊!)

"尤其是现在的公主必须参加许多正式会议和官方仪式。事实上,她们的日程被安排得满满的,排满了各种任务,所以她们并不能像自己所期望的那样,花很多时间和自己喜爱的人在一起。"

---

① 这里指皇家马厩(Royal Mews),保管着王室的主要交通工具,包括马、四轮马车和机动车。

"啊！你不是在开玩笑吧？"

那我宁愿当一个普通的青年……（唉！）

下午2点55分

我们一边围着白金汉宫溜达，一边朝泰晤士河走去，来到了所谓的威斯敏斯特宫（Palace of Westminster），那是英国议会的所在地。

"大本钟（Big Ben）就在这里。"妈妈说。

（你还记得这个名字吗？记得！大本钟是威斯敏斯特宫塔楼顶部那个大钟的名字。）由于我们是下午3点整来到这里的，这个著名的大钟正在敲响。我立即就听出了它的旋律！真酷啊！

咚叮当咚

当当叮咚

咚叮当咚

当当叮咚

咚……咚……咚……

"从上面看下来景色一定很美，我想上去。怎么样，妈妈？"

"想震破我们的耳膜吗？不，谢谢！"她开玩笑说，"其实是我的双脚开始痛了。在泰晤士河对岸，大本钟的对面，有一个巨大的摩天轮。你看见了吗，就在那里？在那里看伦敦，景色也许更美。你觉得怎么样？你想去试试吗？"

她说着朝我眨眨眼，指着河对岸一个巨大的轮子，比我以前看过的任何摩天轮都大、都高。

"哇，你说话当真？你想带我去那里？今天？"

（我不相信自己有这么好的运气！）

"当然啦，为什么不呢？只要你愿意。但要到对岸，最好还是重新坐双层巴士。一个站就到。走！"

下午3点30分

双层巴士刚好把我们放在伦敦眼（The London Eye）脚下，这是那个大轮子的名字。伦敦眼似乎是欧洲最大的摩天轮。从近处看上去，它显得更为壮观，几乎就是一个庞然大物！我一抬起头看它就会头晕。

摩天轮上没有座位，但有许多舱室，就像缆车上那样。

"这个摩天轮有135米高,又称'千禧之轮',因为它是2000年建成使用的。"妈妈告诉我说。"它有32个密封的舱室,自带空调,这与传统的座位不同。每个舱室可以容纳25个人左右。摩天轮转一圈大概需要30分钟。"

"这些你都是怎么知道的?"

"都写在我的导游手册上呢!"妈妈从包里拿出《伦敦导游手册》,"有了这本书,什么都可以知道。有关世界的知识全都印在纸上。"

"真的吗?"

"我坚信不疑。"她信誓旦旦地说。

下午3点45分

从伦敦眼上看伦敦,景色确实美不胜收,就像在埃菲尔铁塔顶看巴黎或在帝国大厦楼顶看纽约。

在这个时间段,人流并不多。也许是因为下午4点到5点,是英国的下午茶时间。这对英国人来说似乎是雷打不动的!我们这个巨大的舱室里只有5个人:妈妈、我,还有一对夫妇带着一个七八岁的小男孩,所以我们有足够的空间可以随便走动,欣赏美景。没有什么能影响我们的360度视野。而且,天气晴朗。我们运气太好了!

从这里,我可以看见泰晤士河、威斯敏斯特宫、大本钟所在的钟楼,当然还有白金汉宫以及塔桥,更远一点的地方有一个巨大的哥特式建筑(据妈妈说,那是圣保罗教堂),甚至还能看到温莎堡(Windsor Castle),那是王室的另一个官邸,好像在40公里开外。

哇!我们好像触碰到了天空!我试图用目光寻找苹果树巷我们住的屋子,但在伦敦错综复杂、密密麻麻的街道当中,谈何容易!我用iPad拍了许多照片。幸运的是,摩天轮转得很慢,因为如果转得快,我不确定我的胃是否受得了……

下午4点30分

很快就到了该回去的时间了。

"我今晚要看吕克·朗之万的第一场演出,这是我报道的关键。"妈妈说。

"我知道。"我伤心地低下头说。

（我太想看这场演出了！）

"今天上午我跟我的联系人说了，最后，你看我得到了什么？"她手里挥动着什么东西。

我希望她拿的是两张演出的门票。

"你是说……我也能去了？"

她也许能把我捎带上。简直不敢相信！不是吗？她好像是说真的。

"我想这会让你感到高兴的。"妈妈一点都不像开玩笑的样子。

"啊，我的好妈妈，"我搂住她的脖子，到处吻，"你是世界上最好的妈妈。你太厉害了，我爱死你了！"

耶！今晚我要去看吕克·朗之万的演出了！

今晚我要去看吕克·朗之万的演出了！

今晚我要去看吕克·朗之万的演出了！

（我真的不敢相信。）

不过，人一激动就容易饿，这是真的。我的胃已经咕噜咕噜响了。看演出之前先吃饭，这个问题严肃地摆在我们面前。再说，我不能穿成这样去见我的偶像。这条牛仔裤和这件外套绝对不合适。我得换衣服。

"看演出之前,我们有时间回去换衣服和吃饭吗?"我担心地问。

"我有个办法,也许能把实用与美观结合起来。"妈妈回答说。

"是吗?说说看。"

"你听说过哈洛德(Harrods)吗?"她问。

"从来没有。那是谁?"

"那不是人,而是一个很著名的大商场。有点像巴黎的老佛爷商场,但它完全是英国式传统的百货商场。"

"那又怎么样?"

"我们可以去那里吃饭和购物……我早就想去那里了。如果你愿意去,我会非常高兴。"

"好啊!"(大满贯!)

我的妈妈呀,她高兴起来的时候可以变得很出色!

下午5点

我们重新上了双层巴士,这次一直坐到了布朗普顿(Brompton)大街,这是一条时尚的大街。那个街区叫骑士桥(Knights Bridge),离海德公园不远,就在我们住的那个街区的对面。一下车,我就被那座大楼惊到了。大楼共8层,我没见过世界上有这么大、这么豪华的商场,还以为是王室的另一个官邸。我不是开玩笑!总之,它可以与王宫媲美。

"从1834年起,这家大商店就被认为是来伦敦必去的地方。"老妈激动得难以形容,"很漂亮吧?每年都有150万人次的顾客来这里购物。你想想,商场有3500多个员工。"

"真的吗?那进去要排队吗?"

"不用。走!我急着去卖鞋的楼层。"

看着屋顶的高度和这里的商品,恐怕明天上午也出不去。到处都那么奢华,我惊讶得合不拢嘴。

"鞋子在最高一层,"妈妈说,"扶手电梯从这里走。"

"为什么不从卖青少年服装的楼层开始逛呢?"

我天真地问。

"好吧!"老妈回答说。看她激动的样子,好像一个8岁的女孩要被爸爸的大胡子扎脸,"但我预先告诉过你,我不会花光钱包里的钱的,我要留点钱路上用。"

"别担心。妈妈。我习惯了。"

(她每次都这样说,但我往往都能达到自己的目的……)

下午5点15分

我的天哪!我想我一定是在马路上被一辆靠左行驶的汽车撞死,然后在天堂里复活了。因为哈洛德商场的4楼真的像天堂,我一点都不夸张。我能想象到的衣服,这里全都有,够我穿一辈子的。但我怎么也不敢相信。我向你发誓!古驰、香奈儿、杜嘉班纳、博柏利、维多利亚·贝克汉姆……我就不一一列举了。可惜我的朋友吉娜没有跟我在一起。太遗憾了!

"不行,你看看价格,宝贝,"老妈有点生气了,大声地说。"这简直是抢钱!一双可笑的童袜要85英镑？我不相信。肯定是弄错了！"

"妈妈，这是因为它们是名牌。你看这标签，是香奈儿牌的袜子。"我回答说。

"可哪个青少年需要穿香奈儿牌的袜子？这些英国人真是疯了。"

（好了，这下她要找我麻烦了！她会唠叨足足半分钟，对我说这家商场会让我们破产的。如果她在这里给我买一点点东西，我们整个冬天都只能吃燕麦糊当晚餐了。）

"不行，朱丽叶，你知道吗，如果我在这里买一点点东西，我就会被宰得今年冬天只能吃燕麦糊，一直吃到明年6月。"

（瞧，我是怎么跟你说的吧？）

"我至少可以买一件T恤衫吧？"

"花95英镑？不行！"

"那我们去吃东西。"

"最高那层的餐馆肯定很贵，我们去负3层看看有什么吃的。"

"负3层有餐馆？"

"有，针对我们这类人的。走吧！哦，天哪，你看见这个古驰手袋了吗？太漂亮了！你猜猜要多少钱？"

她找了一会儿标签，在手袋里面找到了。

"2000英镑？一定搞错了！差不多要3300加元呢！"

她艰难地咽了一口口水，然后说：

"我们赶快下楼吧！"

"我们不上去看鞋了？"

"我改变主意了。"

下午5点45分

哈洛德百货的餐馆不少于25家，各种口味的都有：鱼子酱酒吧、香槟酒吧、酸奶酒吧、茶室、牛排屋、日本餐厅、非常豪华的国际餐厅、烤肉店、咖啡店、摩洛哥餐厅、比萨饼店、泰国餐厅……负3层甚至还有一家卖汉堡包的快餐店，妈妈就选了它。

"这一家看起来不错。你说呢，宝贝？"

我抬起头，说：

"你才是当妈妈的……"

7月10日 星期二

来玩个小游戏：请在画中哈洛德百货的墙上找出伦敦的著名人物。

哈洛德百货负3层的汉堡屋有许多不同的汉堡：热狗汉堡、鸡翅玉米汉堡……价格从35英镑起……妈妈看了菜单后好像快心肌梗死了。

"哎，女儿，你真的很饿吗？"她问。

"我能吃掉一头牛。为什么这么问？"

她突然一阵干咳。

"咳咳咳！没什么。肚子里留块地方吃甜食。我看见马路边的报亭在优惠出售巧克力。如果你愿意，我去买来给你吃。"

可怜的妈妈！

晚上6点45分

吕克·朗之万表演的小厅叫魔圈（The Magic Circle），位于斯蒂芬森路12号，离贝克街和苹果树巷5分钟。我不知道他是否紧张，但我真的很激动。由于时间不早了，我们无法回家换衣服，无论坐公车还是乘地铁都来不及了。当哈洛德百货的门童亲切地建议替我们叫出租车时，妈妈毫不犹豫地同意了。

刚才，我们去了纪念品商店后，妈妈脸上就重新露出了微笑。那里的价格比楼上的奢侈品店要合理一些。她送给我一只长毛熊,穿着方格的针织衫,典型的英国传统风格,一只脚上有哈洛德的店徽。她给自己买了一把同样印有店徽的雨伞,马上就用得着了,因为起雾了,小雨很快就会来临。

出租车把我们放下时,老妈立即冲出汽车,她显然很着急。

"别急,妈妈,演出7点30分才开始。我们没有迟到。"

"我得在演出之前去吕克的包厢里见他,我们并没有提前。"

"是吗?他答应在演出之前见你?你太幸运了!我能跟你一起去吗?"

"不行。我们先去看看我们的座位在哪里,然后你乖乖地在那里等我。我去做访谈。"

"不,妈妈!"

"朱丽叶——特!"

"求你了,我的小妈妈!"我哀求道,"我会像鲫鱼一样一声不吭。我不会妨碍你的,我发誓!求你了,不要在采访我的偶像时让我一个人孤零零地待在全是陌生人的大厅里。"

"……"

"我答应回家后每天晚上帮你洗碗。"

"真的?"

"真的。我还答应你提高我的数学、历史和地理成绩。"

"嗯……你不是说着玩的吧?"她表示怀疑。

"我保证,我发誓!吐痰发毒誓!"

正当我准备在地上吐痰时,她同意了:

"好吧好吧,你来吧。我相信你,别影响我工作。记者这个职业是很严肃的,明白吗?"

"我以一个魔术师学徒的身份向你保证!"

我们向看门员表明身份之后,打听了路,去了包厢。老妈拉着我的手,我的心怦怦直跳。妈妈怯生生地敲了门,来开门的正是吕克本人。

"晚上好,吕克,很高兴再次见到您,请允许我向您介绍我的女儿朱丽叶。"

"很高兴见到你,朱丽叶。欢迎二位。"他闪到一边,让我们进去。

"您不记得我了?"我都不敢抬起头来,"去年春天,我们在魁北克魔术节上见过。"

"对了,怪不得有点面熟。"他亲切地说,"你喜欢魔术?"

"我做梦都想成为像您一样的魔术师!总之,我很希望……我想……"

"你知道吗,要实现自己的梦想,需要不懈的努力和巨大的毅力?"

"我知道。大家都很喜欢你!"

我的回答让他高兴极了,他向我俯下身来,拍拍我的肩膀,直视我的眼睛:

"我给你一个友情建议!如果学魔术是为了让别人喜欢你,那是一个不好的理由。我所变的魔术是一门艺术,用来娱乐大众,给人以激情,创造与观众共同分享的难得机会。如果有一天你的消遣变成了爱好,永远要记住,尊严不应该取决于别人给你的评价。别人绝不可能像你一样爱你自己,哪怕你成了世界上最优秀的魔术师。你首先应该爱自己,然后才能用你的魔术传达你的爱。"

我不确定自己全都听懂了。

"啊,这么说,魔术并非真的存在?"我问。

他亲切地笑了：

"这不是我说的意思。多花点时间，了解自己的喜好和能力，学会认识自己，尤其要学会发现自己隐藏着的才能。要从中得到乐趣，为自己而做。到了那时，当你面对真正的魔术时，你会恍然大悟。"他总结说。

"哎，时间不多了。吕克，如果不打扰您的话，我想问您几个关于您今晚表演的问题。"妈妈手里拿着笔记本，说。

"当然。"吕克直起身来。

"您今晚有什么期望？紧张吗？"母亲问。

……

在接下去的几分钟里，我琢磨着这位魔术师想告诉我的东西，直到我们该离开的时候。

他要上场了。

晚上7点25分

我们匆匆回到自己的座位上。这时，我注意有一小群人的面孔好像并不陌生。是的，我们右边那个金发女士，就是我在海德公园遇到过的维维安娜女士。和她在一起的，还有一个小老太太，穿着黑色的衣服，一头灰白色的长发；甚至那对孪生姐妹也在，她们身上有文身，还有类似为戴首饰而做的穿刺，穿着马丁靴和破洞的黑色紧身裤。这也太巧了！她们也认出了我，因为她们朝我招了招手，好像我们是朋友……

表演开始了，我被我最喜欢的魔术师的节目深深地吸引了，他似乎轻而易举地就让我们进入了他那个神奇的世界。那确实是一个美好的世界，一个让人惊叹的世界，在那里，似乎没有什么是不可能的。整整两小时的精彩魔术表演！这正是我想达到的目标。我希望我的生活能与众不同，充满神奇色彩。

晚上9点30分

演出结束，观众们热烈鼓掌。全场起立，向魔术师喝彩，吕克非常高兴。我很羡慕他，他完全有理由感到自豪。观众们非常喜欢他的表演，因为掌声持续了好几分钟。曾有那么一瞬，我看见他扫视全场，欠身向大家表示感谢和致意。我不知道自己是不是在做梦，但我觉得他好像朝我眨了一下眼睛。朝我！朝我一个人……

"哎，朱丽叶，你喜欢这场表演吗？"维维安娜女士问我。我没注意到她已经走到我身边。

"喜欢，演得真好！我希望自己将来有一天也能演得这样好。"

她笑了，说：

"我发现你有许多才能。最近几天，你已经显露出了一些，但你身上最好的东西还没表现出来。"

"真的吗？"

她点点头，然后轻轻一笑，说：

"真的。再见，亲爱的孩子。"

"等等……"

我还来不及把她介绍给我母亲，她就跟她的那拨人走远了。我在想她说的"你身上最好的东西还没表现出来"究竟是什么意思。

7月11日星期三

上午8点40分

"贝鲁贝小姐,你想去公园走走吗?今天天气非常好,雾气已经散去,好天气似乎会持续一整天。这在伦敦是很少见的,所以应该好好利用。你和孩子们可以到蛇形湖去玩玩水,我来照看双胞胎。"

"真的吗?"

是我搞错了,还是这一惊人的邀请真的出自波平斯小姐之口?惊人?其实也不算太惊人。自从月圆之夜的那件事之后,她对我就一直很关照。

"我当然是认真的。你至少会游泳吧?"

"那还用说,我很小的时候就上过游泳课。"

"太好了,那就去拿泳衣吧,把两个孩子的泳衣泳裤也拿了,我去洗衣房拿浴巾。好吗?"

"遵命,波平斯小姐。"

上午8点50分

"只有多练习才能学会东西,才能成为某个领域的专家。"老妈常常这样对我说。至于看孩子,我觉得自己越来越在行了。不过,必须随时睁大眼睛,绝不能放松警惕。我很愿意去拿大家游泳所需的物品,但不能离开双胞胎所在的房间怎么去拿?况且我还得看护两个大孩子。

"你在做什么,马修?"我正准备出房间,看见马修给了婴儿一个什么东西,"你给了宝宝什么东西?"

"我给了他一便士,这样他就可以在公园里买糖果了。"

"马修!"我大叫起来,"千万不能把硬币给宝宝!这很危险。他们可能会……"

正说着,那婴儿把硬币塞到了嘴里……天哪!他真的把它吞了下去!这下可齐了……

"朱丽叶!朱丽叶!"雅美惊慌地大喊起来,"我弟弟好像要……"

"窒息!"我脱口而出,并冲向婴儿。

快!要快!但该怎么办呢?只有我和孩子们在这里。他们都指望我。必须马上采取行动!

"雅美,快跑去求救!"我命令道。

我既不是母亲也不是护士,但我知道如果孩子窒息了,应该立即排除异物,让呼吸道完全畅通,不能缺氧。这是一个生与死的问题!我抱起婴儿,蹲在地上,让他的头和肚子朝下,然后用右手托着他的下巴,用左手拍他的背,肩胛骨之间的部位。一,二,三……

上午8点55分

时间好像凝住了。拍了第4下,婴儿好像打了一个嗝,什么东西落到了地上。

"朱丽叶!出什么事了?"是玛丽·波平斯的声音。雅美拉着她,闯进了房间。

"婴儿吞了马修给他的一个硬币,我已经让他吐出来了。"我自豪地说,并展示着婴儿刚刚吐出来的那枚硬币。

"马修,这是真的吗?"玛丽·波平斯问。

马修吓坏了,哭了起来。

"马修,这不是你的错。来,让我抱你一下。"我一边说,一边把婴儿递给玛丽检查。

"你不会不喜欢我了吧?"小家伙吸着鼻子,不安地问。

"当然不会。"我回答说,把他抱得更紧了。

"弟弟呢?他不会死吧?"雅美也很担心。

"绝对不会。"我也向她张开了双臂。

"没事!看,他好得很!"玛丽·波平斯晃动着婴儿。婴儿自豪地露出仅有的两颗乳牙。

"好了,"我站起身来,说,"孩子们,该准备出发了。"

"好啊!"孩子们迅速回到了各自的房间。

我也想回房间去准备,这时,玛丽·波平斯伸手拉住我:

"朱丽叶,等等,我有话要对你说。"

我想她肯定要骂我了,说我不会照顾婴儿,说

7月11日星期三

我差点惹祸。（唉！）

"祝贺你。"

"你说什么？"

"你不单救了这个婴儿的命，对孩子们也很好，尤其是在安慰他们的时候。"

"真的吗？"

"当然。说心里话，我非常感激你。"

"感谢我？"

"是的，感谢你。孩子们都很喜欢你，我也很欣赏你的善良和诚意。你母亲真幸福。"

我惊呆了！玛丽·波平斯喜欢我？孩子们也喜欢我？我如在梦中。

"好了，不说了。你去准备吧，我下楼去找浴巾，并把双胞胎带走。等我上楼的时候，希望你们三个都已经准备好了。"

她一手抱着一个婴儿，离开了房间，让我惊呆在那里。

上午10点

蛇形湖是一个人工湖，位于海德公园和肯辛顿宫的花园之间。一边是租船处，另一边是儿童戏水池，有一个儿童娱乐空间、一个卖三明治和雪糕的售货亭、一块小沙滩，还有几把出租的长椅，一个游泳教练坐在自己的椅子上。这里就是我们的目的地。我非常高兴。

离开家之前，我和马修、雅美把泳衣和浴巾塞进背包。我检查了一下大家是否都擦了防晒霜，戴了太阳帽。孩子们带来了救生圈，我们在水里互相追逐，都快玩疯了！我装作一头鲨鱼，孩子们假装害怕。

"来抓我，朱丽叶！"雅美命令道。

"不，来抓我。"马修恳求道。

"我会把你们俩都抓到，吃掉你们。"我张大嘴巴，大声地说。两个孩子激动地大叫起来。

玛丽·波平斯则和双胞胎在儿童戏水池泡脚。看到他们这样子，真令人开心。她慢慢地跟他们说着话，给他们挠痒痒，爱抚他们，用轻轻的欢笑声回答他们。很难相信她并不是他们的母亲,尽管她穿着制服,她的保姆身份一眼就能分辨出来。她脱掉了帽子,摘掉手套,但好像总是穿着米色的裙子……也许她没有权利脱掉那条裙子。当我就这个问题问我母亲时,母亲回答说,玛丽在诺兰德学院上学,那是"一所很有声誉的私校,自1892年起就开始给富裕的家庭包括王室培养高级保姆",所以她才那么自豪地穿着这身制服。你能想象得到吗,威廉王子和哈里王子的保姆也是从这所学校毕业的,凯特和威廉的孩子乔治和夏洛特的保姆也是?进这所学校好像很难,必须通过许多考试。我在想我是否能考得上……

我凝视着玛丽的时候,目光有一刻离开了孩子们。等我回过头来,我只看见雅美。马修去哪儿了?

"你知道你弟弟去哪儿了?"我问雅美。

"他在潜水,他想扮演鱼儿。"她回答说。

但他现在应该浮上来了,谁也不可能长时间待在水底下不呼吸……

"马修!"我大喊,有点儿着急。

"他在那儿!"雅美指着她旁边水底下的一个

人影。

有什么事不对劲,我敢肯定。啊,不要!我的心怦怦直跳,赶快向小家伙游过去,一把抓住他,迅速把他提出水面。

"咳,咳,咳,"他咳着说,"我成功了,是吗,朱丽叶?"

"马修,你是假装溺水吓我?"

"幸亏你把我弄出水面,我受不了了。"

他大笑起来,好像这是一个很好玩的玩笑。我毫无选择,只能批评他:

"不能开这样的玩笑,否则你真的会被淹死的。你把我吓坏了。答应我不再玩这种游戏,否则我们就立即停止玩水,去儿童戏水池找玛丽和双胞胎。"

我的心仍然怦怦直跳。真的,绝不能再开这种玩笑了!可能真的会闯祸的!

我说话的口气让这个小男孩感到很吃惊,他可怜巴巴地望着我。

"我答应你,"他说,"请原谅。"

"好吧,我原谅你,"我回答说,"我们来比赛游泳,一直游到岸边。第一个游到的请第二第三名吃雪糕!"

"好啊!"孩子们都开心地大叫起来。

中午12点15分

我们像小疯子一样玩够了之后,又晒了一会儿太阳。但很快就到了该回苹果树巷的时候了,玛丽·波平斯穿上鞋子,戴上帽子和手套。大家都饿了,妈妈等我一起再去城里逛最后一次。明天晚上我们就要坐飞机回魁北克了,尽管我已经喜欢上班克斯家的孩子们,我还是急于把自己的所见所闻告诉吉诺和吉娜。

公园外面的人行道上有许多人,比今天早上多得多。我觉得很奇怪,尽管是盛夏,但现在是星期三中午啊!玛丽向一个匆匆经过我们身边的妇女打听,然后对我说:

"公交职工罢工,所以大家都得步行。从中午12点开始就没有公共汽车和地铁了。我没想到会这样。"

她好像有点担心,脸色阴沉。

"但愿不会遇到游行的队伍。我们还是尽快回家吧，免得被人群淹没。"她补充说。

我们这一小群人也想加快步伐，但做不到。越往爱德华大街走，朝我们涌来的人就越多。一个保姆、一辆大婴儿车、两个孩子和一个少女，在人行道上占的空间可不少。

中午12点30分

我们耳边响起了低沉的嘈杂声，就像蜜蜂的嗡嗡声，越来越响。一阵模糊的叫喊声传来……

"看！"雅美指着一群扛着标语牌的人。他们穿过人群，散布在整条街上。

好像有一千多人。他们在游行啊！男男女女挥动着手里的牌子，上面写着"Not One Day More"（"不能再拖一天了"）；还有的牌子上写着"Tories Out"（"保守党滚蛋"）。

"出什么事了？这是什么意思？"我问玛丽。

太奇怪了，而且人这么多！

"恐怕又是反紧缩游行。保守党是英国的执政党，由于经济危机，选民们很不满意。生活费用不断上升，工资却不涨。这跟你解释起来有点难，总之，我们不能待在这里。"

她咬着下嘴唇，做出了决定：

"我们在下一个十字路口右拐，走乔治大街。如果不想被冲散，我们就得加倍警惕。在伦敦，这样的游行队伍可以多达几万人。马修、雅美，握紧朱丽叶的手。朱丽叶，你们跟着我，不管发生什么都不要跟丢了。"

"明白。"

玛丽·波平斯在人群中使劲推着婴儿车，好像要不惜一切代价穿过障碍，打开一个缺口，让我们从这里出去。Watch out（小心）！但到了十字路口，我们失望了。乔治大街也全都是人，道路瘫痪了，堵在路上的汽车使劲按着喇叭，以示抗议。人太多，我们既不能前进，也不能后退。我们被困在了路当中。

中午12点35分

我努力保持冷静，免得引起孩子们的恐慌。但想到一下午将在数万不满的人群中度过，我一点都高兴不起来了。我很不放心。眼下，集会者似乎还想保持和平，在我四周，有各年龄、各种族的人，职业不同，有学生、工人甚至还有家庭主妇。有的手里拿着锅，用木勺敲打着；有的吹着哨子或红色的塑料笛，很像是狂欢节时我们所吹的小喇叭。气氛还是宽松的，但愿这种状况能够维持下去！但没有人能够保证。

中午12点50分

我们花了一刻钟，但走了没有100米。游行的队伍拥挤而杂乱，每个方向都人山人海，一眼望不到边。许多汽车司机生气了，扔下汽车走了。有的游行者利用这个机会爬上车头。有的汽车被掀翻了，我从来没有见过这种情况。我得承认，事情变得可怕起来。几个警察试图疏通车辆，但没什么用。我想，他们的出现至少能恢复一点秩序，但看来并非如此。人们挥动着标语，愤怒地喊着口号。是我弄错了，还是他们的声调在不断升高？总之，我母亲应该在想我们为什么迟到了。她会来找我们吗？

7月11日星期三

下午1点

"哎,朱丽叶,"马修问,"我们什么时候可以回到家呀?"

"宝贝,我不知道。耐心地再等一会儿,等这些人也回到自己家里。但别担心,一切都会好的。"

就在我讲出这番话的时候,情况发生了变化。(注意了,做好思想准备。你都不敢相信!)一群穿着黑衣的蒙面青年从格洛斯特广场的路口冲进乔治大街,开始向四周扔鞭炮和烟幕弹。周围的人被吓得盲目乱跑,大喊大叫。巨大的恐慌。人群差点把坐着双胞胎的婴儿车掀翻,婴儿们立即就吓得哭了起来。雅美和马修一直拉着我的手,瑟瑟发抖地缩起身子。让我吃惊的是,他们既没有哭也没有说什么,而是恐惧得睁大眼睛。我想他们受到了惊吓。我们被推来推去,不得不使出浑身的力气来保持平衡,以免跌倒。妈——妈!

下午1点10分

情况变得更加复杂了。制造混乱的人好像不想就此罢休。扔了鞭炮之后,这些蒙面党又向公共道路上的垃圾桶发起了攻击,在那里放火。可以说,我们是在错误的时间来到了错误的地点。玛丽·波平斯尽管毕业于诺兰德学院,能力强、办法多,现在也束手无策,根本无法让我们摆脱困境。婴儿车虽然能保护双胞胎,但也妨碍了我们的行动。我们完全被困住了。

"我想回家。"马修用小手臂抱住我的腰,哭着说。

"宝贝,我们会回家的。别担心,有我在呢!"

"我们该怎么办?"雅美问,平时的自信完全不见了。

"他们很快就会结束的。靠近我,我向你保证,你什么事都不会有。"

我发了誓。但愿我能信守诺言吧!

7月11日星期三

下午1点20分

我们旁边的垃圾桶着火了,我们迅速后退,但无法退得太远。我们来到一栋大楼的玻璃外墙前,那是法国航空公司的大楼。门关着,职员们好像都躲起来了。

"朱丽叶,"玛丽对我耳语道,"如果我们被迫分开,不要拼命找我。千万不要松开马修和雅美的手,想办法自己回家。明白吗?"

"为什么?为什么会分开?"

保姆还来不及回答我的问题,一个暴乱分子就想出一个坏招,拿着一个垃圾桶,扔向那栋楼的玻璃墙,把玻璃砸得粉碎。

"啊——!啊——!"

我不知道是谁喊的。是我?马修?雅美?玛丽?还是别的目击者?所有人都有可能。这惊恐的叫喊反映了面对暴力流血行为时大家的精神状态。

下午1点25分

接着，情况变化得很快。应该说，迅速恶化。办公楼一楼好像放满了各种纸张，很快就被烧着了。烟雾弥漫到了马路上。警报声响了起来，出现了几个戴大盖帽的警察，带着手铐和警棍。混乱之中，玛丽、孩子们和我被推搡得更加厉害。我怕自己跌倒。我看见玛丽弯腰抱起那对双胞胎，左右一边各一个，就在这时，一个警察不小心碰翻了婴儿车。情况变得很可怕，另一个警察扑向一个示威者的时候撞到了我，我跌倒在地，两个膝盖撞到了人行道的水泥路面。雅美和马修也摔倒了，但一直抓着我的手。看到自己的膝盖流血，我愣住了。有人把和我孩子们抱了起来，放在两米以外的地方。一个男人的声音在我耳边吼叫：

"Don't stay here, children. Run back to your house, RIGHT NOW!"（"小孩不要待在这儿，赶快跑回家！"）

那人也许以为我们是住在这条街上的，所以命令我们立即回家。我们正巴不得回家呢！我赶紧检查了一下孩子们，看看他们有没有受伤。两人好像都没事。我用目光寻找玛丽，发现她现在在另一群警察那边。人们也在推搡她，但方向与我们相反。我们的目光相遇了，我看见她嘴唇动了动，好像在说"回家"。然后，她转过身，手里一直抱着两个婴儿，想在人群中挤出一条通道。没有了婴儿车，她行走会容易一些。我明白了她对我的期望。

"玛丽！"小雅美惊慌地大喊，"回来，我们在这里。"

马修哭着，紧紧地靠着我，问：

"朱丽叶，我们会死吗？"

我努力不让自己也惊慌起来。我想起了吉诺和吉娜。接着，混乱当中，我的脑海里出现了另一个念头，起初还有点犹豫，最后越来越坚决。我现在又头脑发热了，但这次有两个孩子跟我在一起，我要为他们负责。我必须保护他们，把他们带回到母亲身边，然后再考虑自己。我能做到的！

下午1点30分

我的第一个反应是模仿玛丽,也就是说,转身,拉着孩子们跑。我想,这是一种求生本能,每个人遇到危险时都会这样。不幸的是,人群太密集了,我们无法这样做。由于我们是三个人,行走就更困难了。我不够高大,也不够魁梧,无法给大家挤出一条路来,只能在周围成年人的大腿间钻来钻去,还要尽量避免被臂肘迎面撞击。我老是担心哪个孩子松开了我的手或跌倒了。10分钟后,我发现自己就已经气喘吁吁,双腿发抖。

"我再也跑不动了。"马修呻吟道。

"我们停一停吧。"雅美也哀求道。

我同意了,大大地松了一口气。(你呢,如果是你,你会怎么做?)

下午1点40分

我的第二个反应是察看自己四周。我究竟在什么地方,周边的具体情况如何?

7月11日星期三

我在水泥人行道上。我首先只看到一些人,然后,我抬起头,分辨出一些汽车。没有一辆汽车被掀翻,这里也没有火烧垃圾桶的痕迹。看不到任何蒙面人。我深深地呼吸了一口气。示威者好像平静多了,但情况说变就变。最好不要冒任何的风险。我和孩子们必须在什么地方找个藏身之处。去哪里呢?

我的大脑在迅速分析。最靠近我们的那辆车的车窗玻璃是有色的,好像特别牢固。我注意到那是一辆路虎。我抓住把手,拉了拉,希望车门没有锁,可惜它锁了。我又试了两三次。白费劲……

我心里暗暗地骂着,重新察看四周。我们所在的那条马路在一个大多都是别墅的街区中心。公寓楼附近的商业网点都挺豪华的。法国航空公司的办公楼受到可怕的攻击之后,商人们都关了铁栅门,以便在夜晚保护自己的商铺。目之所及,所有建筑的门窗好像都是关的。我想,人们都躲在里面呢!说不定现在正窥视着我们。那些人会可怜我们,好心地给我们开门吗?我的眼睛透过铁栅门和窗户,绝望地寻找生命的迹象。白费劲。

这时,一个男人向我们弯下腰来,笑着递给雅美什么东西。一袋糖果。我注意到他缺了一颗门牙，其他牙齿都坏了。雅美警觉地看着他。我感到十分厌恶。带笑脸的成年人并非全都是好人。我们不应该待在那里。我们不能什么人都相信。我推开那个男人的手臂，跟孩子们一直拉着手，钻进人群，想让那个男人离我们尽量远点。

下午1点50分

我慢慢地往前走，继续察看四周，寻找出路、缺口、通道甚至破洞，不管是什么地方，只要能钻进去藏身，等待风暴过去。根据我的计算，我们离住处还远得很，有六七条街。我叹了一口气，但尽量不去理睬继续在我们周围蔓延的混乱：掀翻的垃圾桶、撒得满地都是的垃圾、大喊大叫的人群。我不应该恐慌，也不应该失望。孩子们都指望着我呢！我很强大。

7月11日星期三

下午2点

我在寻找一个小角落,不但能躲避狂热沸腾的游行队伍,也能躲避别人的目光。我想起了刚才那个男人,不禁后背一阵发凉。如果我不在场,雅美会出什么事?那个男人也许不会伤害她,但谁知道呢?

突然,我看见人行道下方有道石头台阶,就在一家服装店的大门边上。台阶装着铸铁小围栏,以防行人坠落。它应该是通往某些地下仓库,用来存放货物的。

围栏不是太高,我和孩子们可以轻易地翻过去,躲在台阶脚下。但人行道上可能会聚起人群,那我们的藏身地很快就将变成监狱。我得寻找别的地方。

下午2点10分

这次我觉得成了!在乔治大街104号一栋漂亮的大楼左侧,我发现了一条死胡同,胡同尽头是一个豪华车库,有个自动门,好像是锁着的,所以没法打它的主意,但大楼靠墙有条螺旋状逃生梯。楼梯是金属和水泥做的,阶梯和扶手连成一体,就像一个螺旋形的贝壳,别人看不见里面的阶梯,因为扶手在楼梯金属踏板和水泥板壁之间交替。如果我们坐在这条楼梯里,躲在一面螺旋形楼梯的水泥板壁后面,从马路或小巷里谁也看不见我们。这对我们三个人来说是一个理想的藏身之地!至少,在几个小时内是这样……

下午2点20分

我们达到了目的!在我们感到安全之前,最难的是要保证没有人能看见我们走进那条胡同,爬上了楼梯。如果有人跟着我们或能在这里找到我们,我们的安全就会受到威胁。我们从来没有这么小心过!

在楼梯相对的宁静中,我趴在两米宽、一米高左右的水泥板壁后,觉得终于可以松一口气了。我们仍能听见街上传来的嘈杂声,但我们已经离开大街。我成功了!

我坐在雅美和马修之间。他们依偎着我,我用双臂搂着他们的肩膀。我感觉自己有点像是他们的……妈妈。我的膝盖有点痛,但我不去想它。刚才促使我勇往直前的恐惧,已经变成了对这两个小战士的无限柔情。两个小时以来,他们表现出了极大的勇气。

"孩子们,我太为你们感到自豪了。"

"真的吗?"雅美抬起头,问,"为什么?"

"我的天使,你表现得非常出色。你一点都没有哭,也没有抱怨。"

"我呢?"马修问,他也希望得到表扬。

"你也一样,我的宝贝。"

"哎,朱丽——叶——特!"

"怎么了,雅美?"

"我很想回家。"

"我也想,"马修也说,"我很想我妈妈。"

好吧,我可能更像他们的姐姐吧……

下午2点30分

要让像马修和雅美这样年龄的孩子安安静静地坐上10多分钟,需要有很强的说服能力。

然而，只要人群没有散去，我感到马路上就不会安全。我在心里祈祷奇迹发生，让这些人快快离开，至少在夜幕降临之前散去。我扫了一眼iPad，放心了。现在才两点多，周围显然没有免费的Wi-Fi，所以我无法联系任何人。我已经缠了老妈好几个月，想让她给我买个手机，但她断然拒绝。如果她现在急得要死，那也是咎由自取。可是，不，这个念头一冒出来我就后悔了。我甚至感到了一丝心痛。可怜的妈妈！我一点都不希望她为我担心。她是那么粗心大意，如果没有我，她也许活不过10天。

头顶，天空不那么咄咄逼人，我们好像不用担心下雨。接下来，我只需让马修和雅美松弛下来，起码一小时。我有办法了。

"我给你们讲个故事好吗？"

"你不如再给我们变个魔术。"马修说。

魔术？我好几个小时没有想它了。再说，我随身没有带任何道具。幸亏，讲故事不需要道具。

"我还是给你讲个小女孩的故事吧，她生下来就没有爸爸。她出生的那天晚上，有几个仙女来看她……"

7月11日星期三

"好啊！讲给我们听吧！"两个孩子都很激动，异口同声地说。

我这是第一次讲述自我小时候起妈妈就不断地讲给我听的故事。我一边讲，一边发现了它的新意义。这个故事说到底还是不错的。（你觉得呢？）总之，孩子们明显很感兴趣，他们被故事深深地吸引住了，以至于我们周围的一切，嘈杂声啊，叫喊声啊，甚至包括这条楼梯似乎都消失了。只剩下我们……和我的故事。这几乎……太神奇了！

"哎，朱丽叶。"

"什么事，雅美？"

"你觉得我的摇篮里是否也有仙女来过？妈妈老是说我又漂亮又聪明，但我有时觉得并不是这样。她是想让我高兴，或者是因为我是她女儿。"

雅美的问题让我认真地想了很久。我一直认为，妈妈给我讲这个故事是为了安慰我，因为我没有爸爸。现在好好一想，也许并非如此。她老是跟我讲这个故事，是因为她相信是这样。想让自己好受一些，也想让我好受一些。我突然觉得这是明摆着的事情。我们天生都有才能，所有孩子的摇篮仙女都光顾过。问题是之后要找到这些才能并不容易。作为孩子，我们的任务就是像考古学家一样，找到这些才能。那是我们神奇的本领……

"我的天使，我敢肯定是这样。仙女会光临所有新生儿的摇篮。"

"也来过我的摇篮？"马修高兴地问。

"宝贝，也去过你的摇篮。告诉我，你有什么特别喜欢做的事吗？"

小男孩皱起眉头想了想：

"嗯……我喜欢拼乐高积木玩具。"

"太好了！你可能是小建筑设计师或者是工程师。你呢，雅美？"

"我嘛，我最喜欢看书。"

"爱看书，好极了，"我赞赏道，"人类的全部知识和认识好像都能在书中找到。将来有一天，你也许能成为作家。"

小女孩耸耸肩。

"很有可能，但我想像爸爸那样当银行家。"

我大笑起来。

"你呢，朱丽叶？你想当什么？"小女孩问我。

7月11日星期三

　　我想当什么？我没有立即回答她。昨天，我还想当魔术师。我确实喜欢魔术，一般情况下也玩得挺好，但到了伦敦之后，我明白了许多事情。我之所以喜欢魔术，是因为魔术能吸引公众的注意力，引起他们的兴趣，能让我看到孩子们眼中惊喜的表情。但今天下午，我在讲故事的过程中，也看到了这种心醉神迷的表情。应该说，当保姆，我也一点不差。事实上，只要努力，我在许多领域都可以做得很好，都可以成功。今天，我发现自己太喜欢讲故事了。我母亲是记者，她想在50岁之前走遍全世界。我可能也喜欢像她这样，因为我爱旅行，我尤其喜欢，真的喜欢写日记，讲述我们在旅行过程中发生的种种事情。讲故事，是一种令人激动的职业。不管是表演魔术还是讲故事，我最喜欢的，是能深深地吸引大家。班克斯家的这两个小孩好像很欣赏我讲的故事。此刻，我们三人都感到很快乐。

　　"我还不知道自己将来会做什么，但我想我以后的工作会让我接近孩子、旅行、变魔术和讲故事。"

　　"你讲故事的时候真像个魔术师！"马修恭维我说，"你知道我想说什么吗？"

"不知道。告诉我。"

他看着我的眼睛,脸有点红:

"我喜欢你。"

这孩子,他太可爱了。我心头一热。

"宝贝,我也喜欢你。"

下午剩下的时间,我都在给他们讲故事,讲了一个又一个。每讲完一个故事,我都觉得更自信了,语气也更到位了,故事也更生动、更真实了。

下午4点

后来,我突然发现,街上的嘈杂声差不多已经消失。我伸长耳朵,听不见嘈杂声了。四周似乎变安静了。是暴风雨到来之前的宁静吗?但至少人群已经真的散去……

"路上没有人了,你相信吗?"我问雅美。

"有可能。"

"啊,不!我想待在这里,再听一个故事。"马修表示反对。

他太可爱了!

7月11日星期三

"孩子们,在这里等我,我出去看一眼。"

我小心翼翼地爬下几阶楼梯,冒险朝马路上看了一眼。

"怎么样?"雅美问。

我看见一位女士手里拿着个袋子、一个妈妈推着一辆婴儿车、一个年轻女子提着公文包、一个小伙子提着吉他盒、一位先生拿着雨伞,但没有一个人挥动标语牌。瞧,一个小姑娘牵着5只狗来了(好像这里有许多人是靠遛狗维生的)。总之,像伦敦大街上每天都能看到的那样,人来人往。"正常的"行人好像回来了,交通也恢复了正常。

"孩子们,一切重归平静。我们可以出去了。"

我挠挠头,转身看着雅美和马修,有点不知所措。我刚刚发现我遇到了另一个问题。我不仅不能保证我能找到回苹果树巷的路,而且我在想,三个孩子独自走在人来人往的大街上是不是不谨慎。我今年13岁,很快就要14岁了,没错,但毕竟不是三个人都13岁……(你觉得我应该把自己的疑惑告诉孩子们吗?嗯……我觉得不要。你说得有道理。)把他们带回家是我的责任,我一个人的责任!我完全有这个能力。并不会因为我们在伦敦,"7点钟男人"①就躲在每个十字路口。

下午4点05分

现在,我要集中注意力,好好回忆今天早上开始走过的路线。如果我没弄错,往左沿着乔治大街走,我应该能到贝克街。从那里到贝克街地铁站应该左拐还是右拐?我想应该左拐。到了那里,我就很清楚怎么去苹果树巷了。就这么办。重新找到地铁站,实在找不到也可以向行人打听呀!当然,不是随便向谁打听。也许是向一个推着婴儿车的妈妈,或者是一个警察。

"孩子们,该回家了。把手递给我。"

"你认识路吗?"马修好像有点担心,问。

我向他露出一个大大的笑:

"相信我吧!"

---

① 加拿大同名小说中的恐怖人物,每天晚上7点会在街上袭击儿童。

7月11日星期三

下午4点15分

出了小巷，我们就从乔治大街往左，我一个劲地给自己打气，对自己说，玛丽·波平斯把这两个孩子交给我看护就是对我的信任。

我一个人带着他们在街上走，突然觉得很自豪。我看起来是否像他们的保姆？（不像，你说得对。人们都觉得我要么是他们的姐姐，要么是他们家不拿工资帮着干活的寄宿女。自认倒霉吧！）

人行道上仍有不少人，但大部分人好像都是下班回家的工薪族。汽车又恢复了行驶，交通非常繁忙。要不是许多垃圾桶被掀翻了，马路上到处都是垃圾，谁也不会相信刚才有一大群人在这里高呼口号游行示威。

到了贝克街的拐角（我走对了。耶！乔治大街真的通往这里），街景有点不一样了。街上的每个角落都有骑警。我觉得，他们是在大街上巡逻，保证大家能平平安安地回家和没有人搞破坏。他们戴着传统的头盔，确实非常拉风。我觉得他们太酷了！

我跟你说过警察吗？这里把他们叫作"鲍比

（Bobbie）"。真的，不骗你。妈妈昨天才跟我说过。你也许知道，Bob（鲍伯）在英语中是Robert（罗伯特）的爱称，伦敦人把警察叫作"鲍比"，是为了纪念英国首相罗伯特·皮尔（Robert Peel）先生，英国的警察局就是他创建的。那是很久以前的事了（19世纪）。他们通常并不骑马，但这队骑警是今天下午专门派来驱散那群可怕的乌合之众的。我们太幸运了！我喜欢马。

"我可以摸摸它们吗？"马修问。

"你真傻。你没看见它们正在工作吗？"雅美不友好地回答说。

"不能说自己的弟弟傻，雅美。这不好，会让人不开心的。赶快道歉！马修，我来回答你的问题。我们今天不能抚摸它们，因为它们正忙着呢！也许下次吧！"

"对不起……"雅美迟迟疑疑地道歉说，有点不乐意。

7月11日星期三

下午4点30分

我们在贝克街上已经走了一刻钟,现在到了贝肯豪尔街(Bickenhall Street)路口,我还是什么都认不出来。我会不会搞错方向了?今天上午来的时候我应该更专心一些的。我很生自己的气,但我不敢让孩子们帮我,怕他们对我失去信任。要不去问问警察?他们好像很和蔼,那我去向他们求助吧!

"嗨!警察先生,你们好!能看见我吗?"

下午4点32分

终于有一个警察发现我在向他们使劲挥手,而且是一个女警察。但她没有向我走来,而是拿起对讲机,一边奇怪地看着我,一边在对谁说话。接下来我该怎么办呢?

下午4点33分

现在,女警察走过来,向我弯下腰,跟我说话。她说什么?天哪,她一口英国口音,跟我在课堂上学的英语不一样。

"What did you say?"("你说什么？")

"What's your name, young lady?"("小姑娘，你叫什么名字？")

啊，她想知道我叫什么名字。

"我叫朱丽叶。"

"And these children?"("这两个孩子呢？")

"一个叫雅美，一个叫马修。"我回答说。

她没有再说什么，马上转身对着对讲机说：

"Here they are! I got them and they seem to be in a good shape."("他们在这儿！我找到他们了，他们好像都很好。")

下午4点45分

我们最后是骑着马，神气活现地回家的。你真应该看看我母亲的那个样子！让人吃惊的是，玛丽·波平斯和威廉米娜却好像觉得这很正常，似乎我们只是遛马回来。我想，这就是所谓的"英式沉着冷静"（flegme britannique）吧！

7月11日星期三

我们最后是骑着马,神气活现地回家的。

玛丽眨眨眼对我表示感谢，威廉米娜没有表现得太明显，但我理解她。她之前担心死了，这从她紧紧拥抱马修和雅美的方式就可以看出来。至于妈妈，她还是像往常一样，尖声大喊起来，让我感到有点害羞：

"朱丽叶——特！我可怜的小宝贝！你的膝盖怎么了？到这儿来，让我抱抱你。看到你没回来，我都吓死了。我的朱丽叶一个人负责两个小孩，太让人担忧了！看到玛丽·波平斯一个人带着双胞胎回来，我们马上就打电话报警了，但他们花了很长时间才锁定你们的位置。让我好好看看，确认一下你是否毫发无损。你确实很勇敢，我为你感到骄傲！"

"妈妈，你没有什么可担心的，"我不好意思地回答说，"一切都很好。我们安然无恙，谁都没有受到伤害。求求你不要担心了！"

不知不觉，到了下午茶的时间。人一激动就容易饿，我和孩子们对着山一般高的三明治、烤饼和果酱，把我们的历险故事详详细细地讲给大家听。大家纷纷祝贺我，说我有责任感，懂得照顾孩子，把我弄了个大红脸。过奖了！我早就应该当保姆的……不是开玩笑，我挺为自己骄傲的。

7月11日星期三

晚上11点

马修和雅美听着我给他们讲的最后一个故事睡着了。不久,我也睡了。妈妈给我掖被窝时,我回顾这不可思议的一天,想起了我是怎样迎接挑战的。我承认自己的心里甜丝丝的。

"哎,妈妈,你说我长大后会成为什么?你觉得我还有可能成为像吕克·朗之万那样优秀的魔术师吗?或者,我应该成为像玛丽·波平斯这样的保姆?"

"宝贝,我不知道你是决定继续学魔术还是把兴趣点转到其他地方,但有一点我可以肯定,那就是,毫无疑问,你天赋不错,有很多潜能。今天你已经证明了这一点,今年有很多次你也证明了这一点。只是,还有很多东西有待于你去发现,真的。我希望你能明白,你是一个有本事的人。要相信这一点。你已经告诉别人你是可信的,负责任的。为此感到骄傲吧!快快长大,快乐生活,发现和欣赏自己。我敢肯定,无论你选择哪条道路,你都会成为一个非常优秀的人。"

她把鸭绒被拉到我的下巴底下,吻了一下我的额头,笑着说:

"最重要的是,你要继续走自己的路,听从心的召唤,永远不要忘了我是多么爱你。"

然后,她用手指刮了一下我的鼻子:

"不管发生什么,你永远是我可爱的小魔法师仙女。"

7月12日星期四

上午8点30分

"朱丽叶,起床了。"

"朱——丽——叶,起床了。"有人在我耳边轻轻地说,还用什么东西挠了挠我的鼻孔。

"起床了,贝鲁贝小姐。我们有个惊喜要给你。"

"什么?"

我在床上坐起来。这是我在伦敦最后一天的早晨,不能再拖拖拉拉,因为我想在晚上10点离开之前充分利用时间。

"这是什么?"我看见玛丽·波平斯托着一个盘子,上面放着一大堆煎饼,包着香蕉段和巧克力酱。

"几点了?"

"8点30分,我让孩子们今天早上不要吵你,因为我想亲自给你准备早餐。这是煎饼,你妈妈说你喜欢煎饼。希望我做的煎饼你也能喜欢。"

你不会相信的,但玛丽·波平斯把盘子放在我床上时,我真的高兴得脸都红了。我立即就开吃了。

"谢谢你,波平斯小姐!"

"我们也吃了。"雅美插话说,"很好吃的,不信你试试。"

"我们甚至还帮忙做来着。"马修自豪地补充说。

"真的吗?"我吃了一大口,"啊,真的很好吃!"

上午10点

我们在英国的最后一天,妈妈带我去城里逛最后一次。我们坐双层巴士一直来到伦敦塔旁边的一个河堤上。泰晤士河上的所有游轮都是从那里出发的。那天,我在塔桥上就看到过这些游轮,但我不敢提出上船的要求。现在,我的愿望奇迹般地得到了满足。

上午11点

我倚靠在栏杆上,极目远眺,欣赏四周的景色。像以前一样,每当我要离开一座我已经爱上的城市,我都感到依依不舍。尽管昨天受到了一点惊吓,在我看来,伦敦还是那么伟大而神奇。据说,历史上曾有一段时间,大英帝国又叫日不落帝国,意思是说英国人统治着我们这个小世界的大部分地方,伦敦成了世界的中心。

我从一个新的角度重新欣赏大本钟、伦敦眼和塔桥。妈妈还指了碎片大厦(The Shard)给我看,那是一栋95层高的摩天大楼,外墙全是玻璃的,就像一个金字塔,下面很宽,顶很尖,有点像个玻璃笋,它似乎是欧洲第二高的建筑,但我并不觉得它很美……

中午,我们在船上吃午餐。很酷,不是吗?可以这样说。我们吃的是蘑菇烤鸡胸肉,浇柠檬汁……甜点呢,熔岩巧克力蛋糕。好吃极了!

然后,我们沿着金鹿号(Golden Hinde)前行,那是同名商船的原大复制品。16世纪,一个叫弗朗西斯·德雷克的著名船长曾驾驶金鹿号周游世界。哇!

妈妈说，这个复制品曾用来拍摄许多历险电影。我想入非非，想象自己穿着跟电影《加勒比海盗》中伊丽莎白·斯旺一样的服装……

我们还参观了第二次世界大战期间英国海军使用的一艘战船，叫贝尔法斯特号（HMS Belfast）。我用我的iPad拍了10多张照片，准备回去以后跟喜欢历史的吉诺分享。我想，我明天就可以在魁北克重新见到吉诺和吉娜了。这仿佛是在梦中。

下午3点

下了船，我们重新登上双层巴士。这回，我们一直坐到唐人街。是的，伦敦有个中国城。纽约有，巴黎有，圣弗朗西斯科有，甚至在哈瓦那也有。中国人到处可见。

唐人街很漂亮，我们从一个漂亮的牌坊进去，门顶像塔，和蒙特利尔及圣弗朗西斯科的唐人街一样，我很喜欢。下午剩下的时间我们都在闲逛，欣赏众多餐馆、杂货店、纪念品商店的橱窗。突然，在一个街角，我看见了一个似乎熟悉的身影。那个妇女的长发是金黄色的,是……

"维维安娜女士!"我叫了一声。

听见我叫她的名字,那个妇女转过身来,但脸上丝毫没有惊讶的神色,好像在街头遇到我是世界上最自然的事情一样。

"朱丽叶,到了该回家的时候了吧?"她问我。

她是怎么知道的?是玛丽告诉她的?当然,妈妈笑着向她伸出手:

"我叫玛丽娅娜,是朱丽叶的妈妈。您是玛丽·波平斯的朋友?"

"是的,我们是同行。很高兴见到您,玛丽娅娜。您有个非常勇敢而且很有才能的女儿。祝贺您。"

妈妈自豪地笑了,说:

"我也很高兴遇到您。是的,我很为她骄傲。"

维维安娜女士又向我转过身来:

"朱丽叶,下次来伦敦,一定记得来看我。我们周日集会的时候,我和我的朋友们将很高兴地邀请你来出席。"在消失在另一个路口之前,她又补充说,"祝你们俩归途顺利!"

"她说的是哪个集会?"她走了之后,妈妈问我。

"我想她说的是保姆集会。"我天真地回答。（我总不能跟她说出我心里猜测的东西：事关玛丽·波平斯和"湖畔女士"的"权利"！妈妈会以为我昏了头的。）

重新上了巴士以后，我觉得自己像踏在小小的云端上。是的，总有一天，我一定会回伦敦的。

下午5点

威廉米娜为我们在她家的最后晚餐准备了一顿盛宴，而不是通常的茶点。围桌而坐的，除了雅美和马修外，还有他们的父母，班克斯先生下午请了假，以便送我们去机场。小班克斯们的父亲跟我想象的一模一样，浓密的小胡子，头发有些花白，衣着笔挺，系着领带。

厨娘给我们做了地道的英国风味菜，牛排腰子饼（steak and kidney pie）。这是一种烤制的馅饼，两片烤面包夹着东西，配土豆沙拉一起吃。

"嗯，真好吃。"我咬了几口，问，"里面有什么？"

7月12日星期四

"牛肉块、蘑菇、伍斯特辣酱和腰子。"威廉米娜回答说。

"是吗?腰子是什么东西?"

"别问了。"老妈急忙打断我们的话。

"为什么?"我感到很惊讶。

她没有再说什么,但威廉米娜说:

"就是牛肾。"

"啊?"

(我还以为我听错了呢!)

"我叫你别问了。"妈妈又吃了一口,没有看我。

"好吃吗?"雅美笑得很开心。

我的大脑又花了几秒钟才接受这一信息。结果,我顿时就没食欲了,脸可能也变绿了,使劲忍着才没有把吃下去的东西吐到碟子上。

这时,戈登·班克斯第一次跟我说话了。

"Keep a stiff upper lip, my dear."他用英语对我说。

我愣住了,不敢承认我什么都没听懂。

"冷静。"母亲轻轻地在我耳边说。

"你说什么?"我越来越惊讶,问。

这是一种典型的英国说法,很难翻译。英国人认为在任何情况下都应该保持冷静。这句话大概的意思是"保持冷静",或者是"别激动"。

他在开玩笑,我心想。我又看了班克斯先生一眼。他眨眨眼,默契地一笑,朝我这个方向举起酒杯。我这时才注意到,他碟子里的东西也基本没有动,牛排腰子饼他只吃了一口。他光吃黄油面包和土豆沙拉了。

晚上7点

到了该说再见的时候了!

我们的行李箱上午就锁上了,现在已经搬到了楼下。班克斯先生正在装车。鉴于时间不早了,我们不让雅美和马修送我们到机场,但玛丽·波平斯抱着双胞胎从儿童房下来了。我很高兴能最后一次拥抱班克斯家的4个孩子。我觉得很难跟大家说再见。

"Farewell, my dear."("再见,亲爱的。")威廉米娜吻了一下我的额头,说。

"朱丽叶,我会很想你的。"雅美向我抬起头。

尽管她努力克制自己的激动心情,我还是能感

7月12日星期四

觉到她的眼泪要出来了。

"过来,让我抱一下。"我把她搂到怀里。

"You're my superhero! Please, don't leave."("你是我的超级英雄,请不要走。")马修也搂住我,求我留下。

激动之下,这小东西都忘了讲法语了。我记不起有谁曾跟我说过这么贴心的话。如果我们不马上走,我会哭出来的。我吻了一下双胞胎的额头,紧紧地握了握玛丽·波平斯的手,我相信看到了泪水在她眼睛里闪耀。我赶快向大门走去。

松开手时,发现玛丽·波平斯在我手心里塞了一张小纸条。我打开来,看到了这样一个句子:

"You're one of us. Congratulations!"("你是我们中间的一员。祝贺你!")

我在想,她是说我是英国人民当中的一员,还是她那个保姆俱乐部,或者是其他事情……我不是太清楚。(你认为呢?)不管怎么说,这是一场多么有意义的旅行啊!我不会忘记伦敦和伦敦的居民的。这里的一切都超级神奇!

夜幕正降临在这座城市,班克斯先生的宾利轿车马上就要经过白金汉宫前面。我透过车窗玻璃看去,发现大街上骚动起来。一辆车朝铁栅门开去,车子的四周都是警察。铁栅门打开时,妈妈叫了起来:

"我想这是女王的劳斯莱斯!"

"你说什么?不是骗我吧?"

"不,你看!"

在离我们的车子两米远的地方,我首先看到了宽敞的黑色汽车里的司机,然后,我看到了她。她坐在后排,穿着红色的衣服,斜戴着同样是红色的帽子,微笑着向我这个方向挥手。

"God Save the Queen."乔治·班克斯说。

"意思是……"

我打断母亲的话:

"我知道,意思是'天佑女王'①。"

没有什么话更能表达我此时的心情了。

---

① 这也是英国国歌的名字。

跟着朱丽叶游伦敦

伦敦旅游小贴士

伦敦是欧洲最大的城市,有270个不同国籍的800多万居民。它建在泰晤士河的两岸,是大不列颠及北爱尔兰联合王国的首都。英国分4个部分:英格兰、威尔士、苏格兰和北爱尔兰。伦敦是英国王室的主要居住地,也是英国政府的所在地。

伦敦也是一个多元的城市,传统与现代结合得天衣无缝,在世界上堪称典范。它的每个街区都有自己的特色。设想一下,除了英语,那里的人们讲着300多种不同的语言,每年有1800万游客来访。

我有个建议:到了那里,要多观察,多问,多听。这样,你的旅行才会更丰富。如果你手头正好有这本书,你甚至可以讲给你父母听。

Have a good trip!（祝你旅行愉快！）

到达伦敦，前往市中心

在欧洲，坐火车往往是前往伦敦最好的办法。从巴黎或里尔出发，"欧洲之星"是 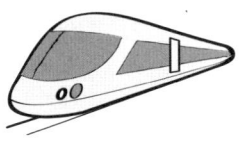 最实用的交通工具，旅途不到3小时。从中国去， 那就是另一回事了，先飞十一二个小时（如果是直航，从北京或上海出发），到离伦敦市中心25公里的希思罗机场。到了那里，你可以搭出租车或选择  公共交通工具。

"希思罗快线"连接机场和帕丁顿火车站（Paddington Station），车程15分钟。快速、高效、实惠！

皮卡迪利地铁线能以更优惠的价格，将你带到市中心的各个地方，需一小时左右，每5分钟一班。还有一些私人公司也提供交通接驳服务。在机场可以咨询一下。

你可以访问机场的这个网址：http://www.heathrow.com/。

出　行

参观伦敦，无论是步行，乘地铁、公共汽车还是坐船都行，但不建议租车。因为堵车非常严重，而且那里是在路的左边驾驶……对新手来说很难习惯。

伦敦的地铁（underground）已经有150多年的历史，12条线（每条线都有自己的颜色），有很多中转站。据说伦敦的地铁是世界上最古老的地铁。

1863年1月9日，第一列地铁从帕丁顿站出发，线路长5公里。但伦敦的地铁往往很拥挤，价格贵，高峰时段应尽量避免乘坐。

你可以在这个网址找到伦敦的地铁图：http://www.tubemaplondon.org/。

火车和巴士也是不错的公共交通。你会像我一样，喜欢上伦敦经典的鲜红色双层巴士的。

朱丽叶游伦敦

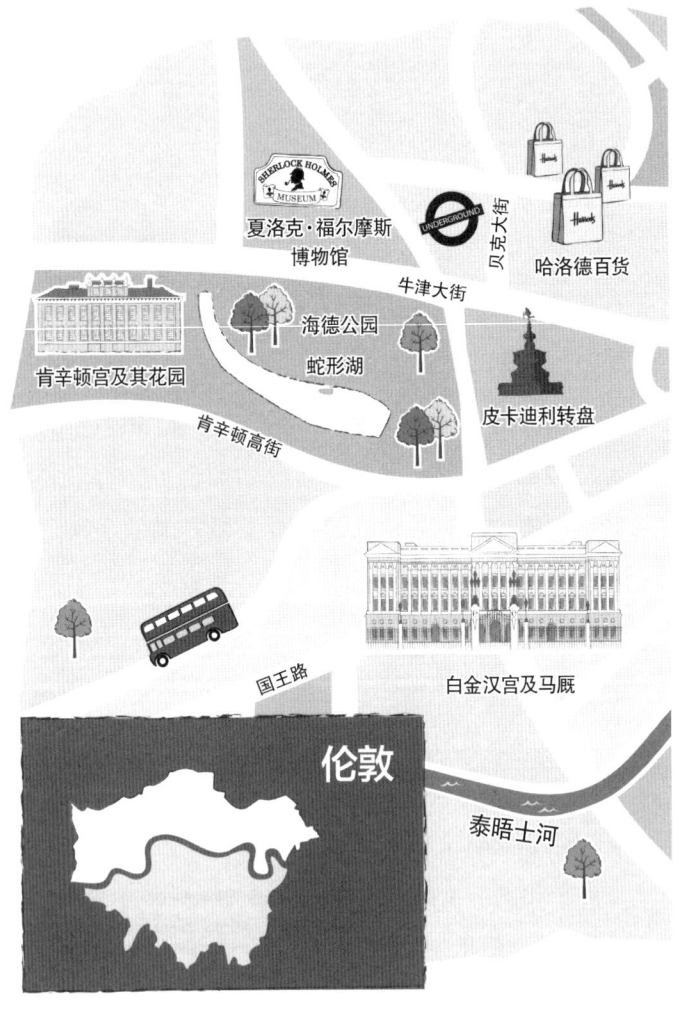

想节省公共交通的费用，一定要买交通卡（Travelcard）：牡蛎卡（Oystercard）或者访客牡蛎卡（Visitor Oystercard）。见下文网址。这些卡在各种公共交通工具上一天、一周或一个月内有效。可以在火车站、地铁站或者网上购买。注意，你不能上了公共汽车后才用现金买票。

还有，11岁以下儿童坐公交车和地铁都是免费的，但必须持有牡蛎卡。

网址：http://www.visitlondon.com/fr/informations-voyageurs/se-deplacer

钱　币

英国的货币单位是英镑（pound），货币符号是£。1英镑等于100便士（pence，货币符号是p）。英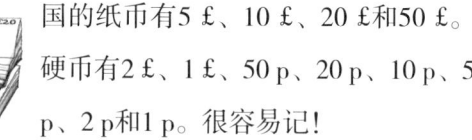国的纸币有5£、10£、20£和50£。硬币有2£、1£、50 p、20 p、10 p、5 p、2 p和1 p。很容易记！

电　器

在伦敦，电压为240伏。你带的插头不能用，哪怕是在欧洲大陆买的。所以到英国之前要去找特别的转换插头。

气　候

伦敦气候温和，但很潮湿。春秋温度在10～15摄氏度之间。夏天的平均温度是18摄氏度，但最高可达32摄氏度。冬天的气温很少低于0摄氏度。很少下雪，下了也不会有很厚的积雪。

大部分时间，伦敦的天气说变就变。也就是说，阳光明媚会随时变阴云密布，阴雨天也随时会转晴。但降雨量比欧洲的其他许多城市都小。伦敦有"雨都"之名，更多是因为多雨，而非雨大。通常，它每年有大约110天是雨天……

不带雨衣或雨伞不要出门。

参观游览

伦敦当然有无数的东西可以看,虽然我自己也没有那么多时间全都去看,但我仍然可以跟你分享一些必去的地方。伦敦,不仅仅有博物馆……

建议你上这个官网看看:http://www.visitlondon.com。

海德公园(Hyde Park)

美丽的海德公园位于市中心,是伦敦最大、最受欢迎的公园,也是我最喜欢的公园!里面有4000多棵树,各种各样的花,还有一个蛇形湖,夏天可以在那里游泳,或泛舟、坐脚踏浮艇。最值得一提的是那里的演讲角,很出名,千万不要错过。还有一个纪念戴安娜王妃的喷泉。湖的另一边(肯辛顿公园)有一个彼得·潘的雕像,那是詹姆斯·巴里小说中的主人公。海德公园和肯辛顿公园相连。

地址:伦敦,海德公园

地铁:海德公园角站或大理石拱门站;去肯辛顿公园的话,就到兰切斯特门、女王道或肯辛顿高街。

网址：http://www.royalparks.org.uk/parks/hyde-park

肯辛顿宫（Kensington Palace）

肯辛顿宫里住过英国王室的许多成员，包括维多利亚女王、玛格丽特公主（伊丽莎白二世女王的妹妹）和戴安娜王妃。今天，这里是剑桥公爵夫妇威廉和凯特在伦敦的正式官邸。正因为如此，我一定要去那里参观，而且一点都没有后悔。你也会对今天的公爵夫妇和他们的孩子感兴趣，对吗？

地址：伦敦，肯辛顿宫，国宾楼

地铁：女王道，肯辛顿高街站或格洛斯特路站

网址：http://www.hrp.org.uk

白金汉宫（Buckingham Palace）

这是女王在伦敦的正式官邸，每天前来参观的人简直要踏破门槛，但只有国事厅（有19个之多）和主楼梯可以参观。如果时间允许，建议你去

看一下每天上午11点举行的卫兵换岗仪式（Changing of the Guard）。正如这个词所表示的那样，它是指卫兵在白金汉宫前换岗。你可以欣赏他们的制服：鲜红的上衣，来自加拿大的熊皮帽。哇！

王室的花园和马厩也很有趣，尤其是如果你跟我一样，想看看女王的四轮马车和其他车辆的话。漂亮极了！

地址：伦敦，白金汉宫

地铁：维多利亚站，格林公园站，圣詹姆斯公园站或海德公园角站。

大本钟（Big Ben）

毫无疑问，大本钟是世界上最著名的钟，安放在英国议会所在地威斯敏斯特宫的钟楼顶部，紧挨着泰晤士河。它重14吨，大钟每小时敲一次钟，4个小钟每一刻钟敲一次。不要以任何借口错过它。

地铁：威斯敏斯特站

伦敦塔（Tower of London）

伦敦塔被联合国教科文组织列入世界文化遗产名录。参观伦敦塔就是穿过伦敦的千年史，你可以看见大炮、武器、盔甲和监狱等。据说这是世界上最著名的堡垒建筑，也许是因为它既是城堡又是监狱，但更可能是因为人们在里面可以看见王室的瑰宝。真的，我们不但可以欣赏到世界上最大的钻石，而且还有红宝石、祖母绿和许多金器……一切都闪光耀眼，让我眼花缭乱！

地铁：塔山站

网址：http://www.hrp.org.uk

塔　桥（Tower Bridge）

泰晤士河上至少有17座桥，其中包括同名歌曲《伦敦桥》中的那座桥。但最出名的，伦敦真正的地标，是塔桥。这是一座后哥特式的升降桥，轮船到达或离开港口的时候，两边的桥板会升起来，让船通过。在两座塔其中的一座塔里面，有个展览介绍塔桥的功能和它在维多利亚时期的建造历史。

站在桥上，景色宜人。这是我伦敦之行的高潮之一。

地铁：塔山站或伦敦桥站

网址：http://www.towerbridge.org.uk

伦敦眼（London Eye）

世界上一度最高的摩天轮在伦敦，比泰晤士河高出135米，对面就是威斯敏斯特宫和大本钟。舱室里，多语种的互动导游设备可以让你了解展现在眼前的重要建筑。妈妈告诉我说，预先在网上买票会便宜一些。

地址：市政厅，河畔大楼，威斯敏斯特桥路

地铁：威斯敏斯特／堤岸站

网址：http://www.londoneye.com

皮卡迪利转盘（Piccadilly Circus）

这个十字路口是游客最常光顾的景点，值得一去，哪怕是看看它的爱洛斯雕像。那个仁慈的天使长着翅膀，象征着爱神。如果你想追寻哈利、罗恩和赫敏的足迹，也得来皮卡迪利转盘。在电影《哈利·波特与死亡圣器》中，哈利结婚后，他们得知食死徒在追捕他们，便在伦敦市中心的大街小巷到处跑。

地铁：皮卡迪利转盘站

杜莎夫人蜡像馆（Madame Tussauds）

只有在杜莎夫人蜡像馆，你才能发现你喜欢的英国明星同聚一堂：查理·卓别林、詹姆斯·邦德、大卫·贝克汉姆、夏洛克·福尔摩斯、威廉王子、罗伯特·帕丁森等。

地址：伦敦，马里波恩路

地铁：贝克街站

网址：http://www.madametussauds.com/London

魔　圈（The Magic Circle）

如果要看魔术表演，可以去魔圈，那个小厅表演这类节目。

地址：伦敦，尤斯顿，史蒂芬森路12号

地铁：尤斯顿广场站

网址：http://www.themagiccircle.co.uk

必须了解的资讯：

在伦敦，国家博物馆都是免费开放的。所以，如果你要参观自然历史博物馆（Natural History Museum）、科学博物馆（Science Museum）、国家肖像馆（National Portrait Gallery）或泰特现代美术馆（Tate Modern，看塞尚、马蒂斯、毕加索、达利或沃霍尔的作品），你是分文不用付的。太棒

了，不是吗？建议你们都去看看，尤其是自然历史博物馆的恐龙和鲸鱼骨骼，真的值得一看。

伦敦外围

华纳兄弟娱乐公司片厂（Warner Bros. Studio）

如果你看过电影《哈利·波特》，你也许想到伦敦的华纳兄弟娱乐公司去看看电影的摄影棚，看看霍格沃兹快车，或参观一下霍格沃兹魔法学院和邓布利多的办公室。你也可以欣赏到拍电影用的服装和道具。神奇极了！

地址：利维斯登

网址：http://www.wbstudiotour.co.uk/

购　物

哈洛德百货（Harrods）

这是伦敦最大的百货商场，自1849年起就坐落在骑士桥街区。它是英式奢华的代名词，光是商品区就达18225平方米，共有8层，员工3500人。绝对要

去看，哪怕是为了看看它宏伟的建筑。

地址：布朗普顿路87–135号

地铁：骑士桥站

吃

英国菜的口味你应该不陌生，但并不总是如此……伦敦也有许多异国风情的小餐馆，是来此定居的不同文化、不同种族的人开的。想尝巴基斯坦、印度或安第斯群岛的菜肴吗？来得正好！至于英国的传统菜，以下我做一个简介：

早　餐

这里的早餐没有羊角面包、咖啡或热巧克力。英国的传统早餐要比这丰盛得多，除了茶和橙汁外，至少还有这几样东西：燕麦糊（oatmeal），煎鸡蛋（fried eggs）、美式牛奶煎蛋（scrambled）或溏心蛋（boiled），培根或火腿

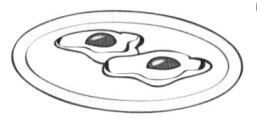

（ham）、香肠（sausage），番茄（tomatoes），烤面包（toast），橙子果酱（marmalade），蘑菇

（mushrooms），烘豆（baked beans）甚至还有……油炸血肠。如果你认真看了我的这本书，你应该知道血香肠是把猪血、猪油和调味料塞进肠衣里做成的一种猪肉食品，就像做香肠那样。不知道你是否会喜欢，但应该尝一尝。

午餐

中午，英国人往往没有足够的时间进餐，所以常吃快餐。英国的午餐远没有早餐那般丰富。街上的每个角落都有汉堡、三明治或著名的炸鱼薯条卖。

茶点

下午四五点是英国传统的下午茶时间，这一传统开始于17世纪，英国人非常重视（不过，大部分传统他们都重视）。必须知道，在这里，"茶"（tea）这个字不但指饮品，也指在这个时间段里吃的食物。英国人喝茶的时候会吃点糖果、奶酪或喝一点牛奶，有时也会吃点柠檬片。一些著名的茶室

提供青瓜小三明治、烟熏三文鱼、烤面包片、麦片糊、果酱、奶酪和蛋糕。

晚　餐

英国人一般在晚上6点30分吃晚餐。显然，这是一天当中最丰富的一餐。加调味汁的烤肉、土豆、蔬菜是少不了，尤其是周末。人们也许会请你尝一下牛排腰子饼，大部分英国人都很喜欢这东西，我母亲也很喜欢。那是用牛肉块、香菇、伍斯特辣酱、腰子做的，把这些东西塞到馅饼里再放在炉子上慢慢烤。很香……告诉我你是否喜欢！

重要人物

"征服者"威廉一世（William the Conqueror）

威廉一世是法国诺曼底公爵的儿子，1066年（中世纪）38岁时入侵英国，当上了英国国王。当时，他是西欧最强大的君王之一，在他统治时期，法语曾是英国的官方语言。很帅，是吗？是他下令在泰晤士河边建造伦敦塔，以防御敌人进入城市的大门的。他生于1028年，死于1087年。

夏洛克·福尔摩斯（Sherlock Holmes）

夏洛克·福尔摩斯诞生于作家兼医生阿瑟·柯南·道尔（1859—1930）的笔下，是一个具有超强记忆力和充满智慧的私家侦探。他是一系列中长篇小说的主人公，人们甚至根据小说改编了许多电影。这个130多年前创造出来的人物形象，至今仍家喻户晓。

伦敦有个小小的私人博物馆，纪念夏洛克·福尔摩斯及其朋友和搭档华生医生（Dr. Watson），位于贝克街221B号，柯南·道尔想象他书中的那个著名人物就住在那里。详情可访问以下网站：www.sherlock-holmes.co.uk/。

旁边还有家小咖啡馆，贴着许多纪念那个侦探的画像。我和老妈在那里吃了炸鱼薯条。

彼得·潘（Peter Pan）

这个不愿意长大的小男孩是苏格兰作者詹姆斯·巴里1902年创造的人物，他的名声很快就超过了作者。我敢肯定你以前并不知道詹姆斯·巴里这个名字。据说，巴里是在给他的好朋友西尔维亚·卢埃林·戴维斯的三个孩子（乔治、杰克和彼得）讲故事的时候创造彼得·潘这个人物的。1912年，人们在肯辛顿花园竖立了一尊彼得·潘吹笛子的青铜雕像。如果你经过那里，你肯定能看到。

鲁德亚德·吉卜林（Rudyard Kipling）

鲁德亚德·吉卜林（1865—1936）生于孟买，当时印度是英国的殖民地。这位作家给我们留下了《丛林之书》，那是一本故事集，每篇都讲述一个在丛林中发生的故事。这部小说让我们认识了一个叫作莫格利的孩子,他是被狼群养大的;认识了棕熊巴洛、孟加拉虎希尔可汗、黑豹巴布拉等。

你想起什么来了吗?迪士尼把它改编成了一部电影,但它和原著相差太多了……

威廉·莎士比亚(William Shakespeare)

威廉·莎士比亚(1564—1616)被认为是英国有史以来最伟大的戏剧家。他的戏剧每天都在世界各地演出,包括《罗密欧与朱丽叶》《李尔王》《麦克白》。他的作品已被翻译成几百种语言。他剧本中的许多台词成了现在常用的名言,如"生存还是死亡"(To be or not to be)。你还记得吗?这句话引自他的《哈姆雷特》(全名《丹麦王子哈姆雷特的悲剧》,*The Tragedy of Hamlet, Prince of Denmark*)。

玛丽·波平斯(Mary Poppins)

玛丽·波平斯是澳大利亚作者帕梅拉·林登·特拉弗斯(Pamela L. Travers)1934年出版的青春小说《随风而来的玛丽·波平斯阿姨》中的女主人公。帕梅拉1924年到英国从事写作，这部小说讲述了班克斯家的4个孩子简、迈克尔和双胞胎约翰及巴巴拉在伦敦的历险故事。他们的保姆是个很怪的女人，会魔术，雨伞从不离身。她能让那把雨伞飞起来。小说于1964年被迪士尼公司改编成电影，取得了巨大的成功。你看过吗？强烈推荐。

查理·卓别林（Charlie Chaplin）

查理·卓别林生于1889年，死于1977年，是英国的天才演员、导演、剧作家、制片人和作曲家。1918年前后，他创造了夏洛这个人物，由此成了无声电影巨星。在他长达65年的演艺生涯中，他出演了80多部电影。他的许多作品今天还被认为是电影史上的经典，其中包括1921年拍摄的《寻子遇仙记》（*The Kid*），你很容易在网上找到。

词汇表

中文	英文
是/不	yes/no
先生/女士	Mister/Miss
早上好!	Good morning!
嘿!	Hello!/Hi!
下午好!/晚上好!	Good afternoon!/Good evening!
晚安!	Good night!
再见!	Goodbye!
永别	farewell
您好吗?	How are you?
你说什么?	Pardon me?
请原谅。/很抱歉。/原谅我。	Excuse me./I'm sorry./Pardon me.
请	please
谢谢!	Thank you!
非常感谢!	Thank you so much!
这个	this one
不是那个	not that one
今天早晨	this morning
今天下午	this afternoon
今天晚上	tonight
昨天	yesterday
今天	today
明天	tomorrow
这里	here
那里	there

续表

中文	英文
右边/左边	on the right/on the left
直走	straight on
好/坏	good/bad
大/小	big/small
多/少	more/less
足够/太多	enough/too much
开/关	open/close
欢迎!	Welcome!
一点/很多	a little/a lot
朋友	friend
什么?	What?
谁?	Who?
什么时候?	When?
什么地方?	Where?
为什么?	Why?
多少钱?	How much is it?
几点钟?	What time is it?
你能帮助我吗?	Can you help me, please?
我迷路了。	I'm lost.
您能告诉怎么去……吗?	Could you please show me the way to...?
我不懂。	I don't understand.
我不懂英语。	I don't speak English.
您叫什么名字?	What is your name?
我叫……	My name is...
一	one
二	two
三	three
四	four
五	five
六	six

续表

中文	英文
七	seven
八	eight
九	nine
十	ten
十一	eleven
十二	twelve
十三	thirteen
十四	fourteen
十五	fifteen
十六	sixteen
十七	seventeen
十八	eighteen
十九	nineteen
二十	twenty
三十	thirty
四十	forty
五十	fifty
六十	sixty
七十	seventy
八十	eighty
九十	ninety
一百	one hundred
一千	one thousand

伦敦简史

公元前55年,凯尔特人平静地生活在英国这块土地上,但罗马人(这些罗马人无处不在!)攻到了泰晤士河畔,建立了聚居点。公元43年,他们把这座城市叫作"伦底纽姆"(Londinium)①。尽管凯尔特人顽强抵抗,这个小城镇还是很快就成了英国最大的城市,然后成了英国的首都。

5世纪,罗马帝国崩溃,罗马侵略者离开了伦敦,但伦敦又先后被盎格鲁人、撒克逊人(来自德国)和维京人侵入。1042年,爱德华一世成了国王。1066年,法国诺曼人"征服者"威廉一世占领了英国,下令修建伦敦塔,以保证其王国的安全。此时,英国讲法语,但没有持续多久。

在都铎王朝的统治下,英国包括伦敦向世界开

---

① 意为"荒野处"或"河流流经的地方"。

放。这一时期,王国开始了海外大征服。17世纪中叶,伦敦居民受到了严峻的考验。瘟疫施虐全城,夺走了20%左右的人口,后来,伦敦大火又摧毁了大部分建筑。尽管如此,伦敦还是重建了起来,并继续扩大。伦敦人非常顽强。

18到19世纪,伦敦成了全世界最大、最富有的城市,吸引了来自国外乡村和城市的数百万人。工业革命在伦敦开始了,迅速带动了世界经济,促使农业社会和手工业社会向工商业社会发展。此时为维多利亚女王统治时期。

19世纪末,伦敦市中心生活着4500万人,还有400多万人生活在郊区。这时,它成了世界上人口最多的城市。人们用煤炭在家里取暖,空气往往变得难以呼吸。这就是著名的伦敦雾霾!从1952年12月5日星期五到9日星期二,一股特别浓的雾霾笼罩了伦敦全城。人们把那一事件叫作"伦敦烟雾事件",它成了有史以来最严重的大气污染事件,许多人因此而死亡。不过请放心,从那以后,情况有了很大的改变。〔关于这个问题,你知道吗,"smog"(烟雾)这个词是两个英文单词smoke(烟)和fog

(雾)组合的缩写?]

1952年,伊丽莎白二世女王继承王位,1953年6月2日在威斯敏斯特教堂加冕,是历史上第一次在电视上转播的加冕典礼,全世界有数百万人观看了这一盛事。

2012年,伦敦成了第一个三次举办现代奥运会的城市。哇!多么光荣啊!它捍卫了自己国际大都市的名声,继承了联合王国的传统,迎接来自世界各地的移民。2016年,它在西方国家的首都中率先选了一个来自巴基斯坦的穆斯林萨迪克·卡恩(Sadiq Khan)担任市长。2016年,大不列颠及北爱尔兰联合王国又选举了特蕾莎·梅(Theresa May)为首相。酷!

伦敦编年史

前55年	尤利乌斯·恺撒侵占英国领土。
43年	罗马皇帝克劳狄把这个小镇叫作"伦底纽姆",修建了伦敦的第一座桥。
407年	罗马军团离开了伦敦。
449年	盎格鲁人和来自德国的撒克逊人占领伦敦。
834年	来自丹麦和挪威的维京人登陆。
1014年	维京王奥拉夫(Olaf)摧毁伦敦桥,占领伦敦。
1042年	"忏悔者"爱德华成为国王。
1066年	诺曼人"征服者"威廉一世在黑斯廷斯战役得胜,成了国王。法语在一段时间内成了王国的官方语言。
1189—1199年	"狮心王"理查一世(Richard I)统治英国。
1191年	亨利·菲茨-艾尔温(Henry Fitz-Ailwin)成了伦敦市市长。
1215年	"无地王"(Lackland)约翰(John)签署《自由大宪章》(*Magna Carta*),建立了英国的宪政体制,给了伦敦更多的权力。
1337年	百年战争开始,直到1453年才结束。金雀花王朝(House of Plantagenet)(英国)和瓦卢瓦王朝(House of Valois)(法国)开战。

朱丽叶游伦敦

1348年	黑死病肆虐伦敦。
1509—1547年	亨利八世,都铎王朝第一任国王之子统治时期。
1558—1603年	伊丽莎白一世女王统治时期。
1665年	大瘟疫夺走了七八万伦敦人的生命。
1837—1901年	维多利亚女王统治时期,大不列颠称霸世界。
1914年	英法与德国及其同盟国交战。
1936—1952年	乔治六世国王统治时期。
1939年	英法与德国交战。激战期间丘吉尔任英国首相。在这场战争中,敌人的轰炸不幸摧毁了伦敦的许多街区,尤其是市中心。
1945年	第二次世界大战结束,重建被毁街区。
1952年	伊丽莎白二世继承王位,次年加冕。成了英联邦(Commonwealth)7个独立国家的女王:南非、澳大利亚、加拿大、锡兰(斯里兰卡)、新西兰、巴基斯坦和大不列颠及北爱尔兰联合王国。当年,伦敦烟雾事件造成许多人死亡。
1963年	披头士上了观众极多的英国电视节目《周日晚上在帕拉丁》(*Sunday Night at the Palladium*),标志着"披头士热"的开始。
1997年	戴安娜王妃死于车祸。
2011年	剑桥公爵威廉迎娶凯瑟琳·米德尔顿。
2012年	夏季奥运会在伦敦举行。
2016年	特蕾莎·梅成为英国首相。
20××年	朱丽叶·贝鲁贝访问伦敦。
20××年	你的到访。

问 卷

你准备去伦敦了！真幸运！不过，我建议你出发之前做一做这些测试题，目的是检查一下你是否掌握了充分享受这一旅行所必需的信息。准备好了吗？

1. 1863年，伦敦的历史上有重大项目落成仪式。是什么项目？

　A. 白金汉宫落成

　B. 塔桥建成

　C. 皮卡迪利转盘的爱神雕塑揭幕

　D. 地铁建成通车

2. 英国人习惯以丰盛的早餐来开始一天。在下列早餐中找出不属于英国早餐的外来食物。

　A. 煎鸡蛋

　B. 猪血香肠

　C. 羊角面包

　D. 茶

　E. 培根

3. 三明治是英国人的发明,其名字来自:

A. 两个大城市之间的一个英国小村庄

B. 约翰·孟塔古(John Montagu),三明治镇的第三个伯爵,乔治三世国王的外交官,英国海军上将,赌牌高手,18世纪就已经去世

C. 一个机灵的英国厨师,名叫埃德维奇,他曾为维多利亚女王服务过

D. 詹姆斯·库克,18世纪英国航海家、探险家和地图绘制者,快餐爱好者

4. 以下谁不是英国文学界的名人?

A. 阿瑟·柯南·道尔

B. 帕梅拉·L·特拉弗斯

C. 鲁德亚德·吉卜林

D. 夏洛克·福尔摩斯

E. 詹姆斯·巴里

5. 伦敦的哪些旅游景点曾在当时用作监狱关押名人?

A. 伦敦塔

B. 威斯敏斯特修道院

C. 白金汉宫

D. 肯辛顿宫

E. 塔桥

6. 英国的许多音乐组合在音乐史上具有重要影响。以下哪个不是英国的音乐组合？

A. 披头士

B. 海滩男孩

C. 平克·弗洛伊德

D. 谁人

E. 滚石

7. 牛排腰子饼的原料是什么？

A. 鸡肉、蘑菇、酱油和牛腰

B. 牛肉、蘑菇、牛肝和辣酱

C. 牛肉块、蘑菇、腰子和辣酱

D. 三文鱼、蘑菇、牛腰和辣酱

8. 下列名人谁是当时世界电影的巨星？

A. 鲁德亚德·吉卜林

B. 威廉·莎士比亚

C. 查理·卓别林

D. 迈克尔·菲利普·贾格尔

E. "征服者"威廉一世

9. 下列牌子的汽车哪种不是英国产的?

A. 劳斯莱斯

B. 宾利

C. 捷豹

D. 阿斯顿·马丁

E. 沃尔沃

10. 白金汉宫门口王室卫队成员的帽子是用什么材料做的?

A. 加拿大熊的毛皮

B. 英国水貂皮

C. 法国兔皮

D. 加拿大海狸皮

E. 印度熊的毛皮

11. 伦敦用的是什么货币?

A. 英国元

B. 欧元

C. 英镑

D. 美元

E. 法郎

12. 大本钟是安装在一个建筑塔楼上的著名大钟。那个建筑叫什么?

A. 威斯敏斯特修道院

B. 皮卡迪利转盘

C. 白金汉宫

D. 肯辛顿宫

E. 威斯敏斯特宫

答 案

1. D，伦敦的地铁于1863年开通。

2. C，茶，然而是，海德公园和白金汉宫都是英国的传统节日，当共用的例则是英国的传统节日。

3. B，三明治的名字来自于三明治镇的第四代伯爵约翰·蒙塔古。

4. D，夏洛克·福尔摩斯并不是英国作家，而是小说中的人物。

5. A，化装舞。

6. B，海德乐园是在1961年向成人美国着装组合。

7. C，开排摆手绑串开开后放，篷盖，蓬子开拢紧暴做成。

8. C，看着，有剧本，如果你选择了A，请慎选B，威廉，落士托亚，请重读书本。

9. E，这几位是最早制造的汽车。

10. A，马蓬是如看大楼的毛绒。

11. C，英镑。

12. E，威斯敏斯特寺，英国议会所在地，是卡迪利市每是一个城堡，当然是大桥。如果你觉这么传说的特徵，妈妈·艾丽斯娜可就各很你的东西。